小满 —— 著

各自为爱的我们

花城出版社
中国·广州

图书在版编目（CIP）数据

各自为爱的我们 / 小满著. -- 广州：花城出版社，2024.3
ISBN 978-7-5749-0164-3

Ⅰ．①各… Ⅱ．①小… Ⅲ．①中篇小说－中国－当代 Ⅳ．①I247.5

中国国家版本馆CIP数据核字(2024)第031960号

出 版 人：张　懿
策划编辑：林宋瑜
责任编辑：林　菁　杨柳青
责任校对：李道学
技术编辑：凌春梅
封面设计：DarkSlayer
封面图造型：杜小鸥

书　　名	各自为爱的我们
	GEZI WEIAI DE WOMEN
出版发行	花城出版社
	（广州市环市东路水荫路11号）
经　　销	全国新华书店
印　　刷	佛山市浩文彩色印刷有限公司
	（广东省佛山市南海区狮山科技工业园A区）
开　　本	880毫米×1230毫米　32开
印　　张	6.25　1插页
字　　数	94,000字
版　　次	2024年3月第1版　2024年3月第1次印刷
定　　价	45.00元

如发现印装质量问题，请直接与印刷厂联系调换。
购书热线：020-37604658　37602954
花城出版社网站：http://www.fcph.com.cn

目录

-001-

第一章

分手的第二天,你会说什么

-029-

第二章

把"要"写在脸上的范妮妮,有勇气没运气的大聪明袁小桐

-065-

第三章

舞台上丢了女主角,生活里迎来新对手

-105-

第四章

打破循环的朱荑

-137-

第五章

好的,那么,再见

-163-

第六章

我们无法被激励,但爱情可以

第一章

分手的第二天,你会说什么

"宝贝，你一定会找到属于你的幸福的，从今天开始，我们都加油！"

朱茰记不清楚是第几次听到张逍磊说这句话了。这句话就像魔咒一样，出现在他们每次分手后的第二天早晨。

这次分手是朱茰提出的，因为张逍磊忘了她的生日，她一个人坐在提前两个月就预定好的餐厅里，张逍磊还预定了现场小提琴演奏。尴尬，一个女人对着另一个拉小提琴的女人，坐在餐厅最浪漫的C位，灯光暗淡、气氛迷人，窗外闪烁着对岸高楼上变换的颜色，偶有一两声低沉的汽笛声飘扬而至，除她之外的每一桌客人都成双成对，或含情脉脉，或摇曳多姿。只有朱茰，面对两人份的法餐，从最初的孤独等待到最终一副六亲不认就是吃饭的模样，她花了两个小时。这两小时是世界上最长的两小时，长到她数清楚了黄浦江里一共过去了多少艘船。小提琴姑娘穿着黑色的礼服，也许女人之间很容易相互共情，哪怕没有言语，无论朱茰怎么掩饰情绪的变化，她都用琴声回答得淋漓尽致。朱茰失望至极地离开时，穿黑色礼服的姑娘温柔地送她到门口。朱荑转身进电梯，那姑娘还站在哪儿，轻轻地冲她摇手。她的小心翼翼，是击溃朱荑的最后一根稻草，巨大的悲伤在电梯门关上的瞬间如崩塌的雪山一样，呼啸而至。明晃晃三面都是镜子的电梯间里，朱荑哭得无处可藏。

金碧辉煌的KTV包房里，一群男男女女纸醉金迷，在角落里躺着一个早已醉得不省人事的男人，他裤子口袋里有一阵一阵的亮光，闪烁一阵子，安静一阵子。

爱一人，低到了尘埃里。尘埃，就是连一个电话都不被接起来。

深夜，朱荑终于见到了被陌生人送回来的张逍磊，她安顿好他，极其平静对他说："我们分手吧，这次是真的。"

张逍磊翻了个身，说出一个字："水。"

朱荑站在床边看着他，她厌弃自己像怨妇一样的，哭哭啼啼，所以她使劲儿把手捂在脸上，可眼泪还是灌满了指缝。她扶起他，把水杯递到他的嘴边，看他如饮琼浆，朱荑问自己：我们为什么会变成现在的样子？

天快亮了，朱荑才迷迷糊糊地睡着。

张逍磊醒过来的时候看到身边没有人，也没有枕头，他努力回忆昨天的细节，翻看到手机里的未接电话和未读消息，还有一条记事本上被关闭的强力提醒日程安排：朱荑生日。

分手，是他们相处的六年时光里出现频率特别高的一个事件。他们之间总是充斥着两个主题——分手与和好，但任何一个都没有再向前进一步发展。

朱荑比张逍磊小六岁，他们认识得很俗套。

她还在戏剧学院读书的时候，他是一个在陆家嘴张嘴闭嘴几千万项目的公派海归。

那天下雨，淅淅沥沥的一直不肯停。张逍磊被公司的前辈浑然不觉地"黑"了一把，自己入职后的第一单，只是在例会上递了份项目汇报的工夫，就被同组的大哥以一句不动声色的夸赞，将他所有的功绩都归结成"拥有良好执行力的下属"。张逍磊维护着大家的体面，婉拒了庆功宴，借口说陪女朋友看电影，在一阵哗然中悄悄退场。背后传来各种唏嘘，都是惋惜，明就里地惋惜他工作失意，不明就里地惋惜他名花有主。

他那天没开车，也没打伞，和马路上奔波劳碌的绝大多数人比起来，他没什么好抱怨的，自己的这点儿小小的不顺心无非也是不愿随波逐流而已。即便这样，他过得也不会差，需要平复的，无非是临时性的情绪波澜。

理智，是他张逍磊从小到大最优秀的品质之一。

路过了很多电影院，也见到了很多等看电影的情侣，他一点儿兴趣都没有，他的近期list里根本没有爱情这个条目。雨下得大起来时，他快跑了几步躲到一个大建筑的屋檐下，然后就有两三个中年男人围上来问他要不要票啊，打半折。原来是个剧院，里面正在演话剧，已经开场了，黄牛们手里还压了票子，想必这出戏不怎么好，张逍磊心里想。雨越下越大，再也没有观众赶来，黄牛骂骂咧咧地陆续四散。张逍磊抽完一支烟，翻着手机想找个地方喝一杯，旁边有个声音喊他："能不能给我一支烟？"

她短头发，穿着紧身的灰色T恤和深蓝色的肥大的裤子，裤子和T恤之间露出一截很纤细的腰，她把双手的手指使劲儿缠绕着，显得手指更加修长和秀美。

"你会抽烟吗？"

不是歧视，张逍磊从不会觉得有什么事一定是男人能做而女人不能做的。但他很不喜欢年轻人遇到刮风下雨或者日落星辰就得点支烟，来寻找感觉或者抒发没有意义的意义。

朱萸半张着嘴，想回答他的问题，但没组织好语言，就努力挤了个微笑说"那算了"。她转向身跑的时候，羞红了脸。

张逍磊顺手抓住了她，说："给你，挺呛。"

朱萸把烟放在唇间，很生疏地迎着张逍磊给她点燃的火苗，有些估量不准，好一会儿才把烟点燃。她又谢了他，然后远远地藏在剧院大门的拐角，笨拙地吸一口，咳几下。

她很失落，不开心。眼睛占据了整张脸很大的一部分，连带着睫毛一并显得很突出，嘴角一直微微上扬着。还有人会一边难过一边微笑吗？张逍磊远远地站在剧院另一个拐角，看着斜对面的朱萸，心里想着。

她拿着快要燃尽的香烟，四下张望，不知道该如何处置。"扔这里"，张逍磊指着他身边的垃圾桶说。

朱荑脸又红了，轻轻走过去把烟蒂扔掉，和张逍磊擦肩而过的时候她微微欠了欠身，说不好算不算打招呼。张逍磊还在翻手机，他想打车回住处了，嫌弃别人为赋新词强说愁的时候，他觉得自己深陷的这点儿困扰也很无聊。

"你要看戏吗？我可以带你进去。"

朱荑是做了很久的心理建设才想出这样来表达谢意的。

若不是他刚好回头看这个剧院的名字想输入定位，张逍磊就错过朱荑了。

"你肯定没有诚心邀请，那么小的声音就是故意不让我听到的。"再谈起相遇时，张逍磊总用这句话埋怨朱荑。

他们那天没有进去看戏，张逍磊邀请朱荑一起喝一杯，朱荑想了半天，带他去了每天排练结束后吃饭的小餐馆。张逍磊觉得这姑娘有点儿意思。

原本就拥挤狭小的空间，下着雨，进进出出的客人让小馆子的地板沾满了水，老板娘总是拿着拖把在拖地，越拖越湿哒哒。酒也没得挑，八块钱一瓶的啤酒，他要冰镇的，她要常温的。自然是从那支烟开始聊起，朱萸说："原本这个时候我应该站在台上的。"张逍磊问她："为什么就坐在了这里呢？"朱萸说："因为角色被人抢了。"张逍磊就说："为什么不抢回来？"朱萸想了想说："没意思，抢来抢去的，不喜欢说些乱七八糟的话……说那些话好烦，你明白吗？"

太明白了。张逍磊若是不明白，他怎么会坐在这里跟这个陌生的小姑娘喝酒。没意思，谁规定的必须在他们制定的游戏规则里抢来抢去。

"反正我也没想出名，这场戏不让我演我就演下一场呗，还能每一场都有人跟我抢么？"

"对啊，反正我也没想要在这个公司做一辈子，你还能抢我什么？"

情投意合！张逍磊从来不做没有计划的事情，他决定例外一次。分开之前，张逍磊跟朱萸要电话，他原本以为渡过自己这关比较困难，没想到自己控制不了的事情才应该叫作困难，朱萸拒绝了。

开始不由一个人控制，分手也一样。

"对不起。"

张逍磊看着朱荑，想起当年那个问她借一根烟的小女孩，如今她留了长发，连睡觉都锁着眉头，她上扬的嘴角又起了水疱，不知道是不是因为焦躁。他发自内心地觉得对不起她，于是他又说了那句话，彼此达成一致的目标并发自内心的祝福，会不会离真正的重新开始就近了一些。

从他起床，蹑手蹑脚地收拾，到蹲在她面前轻轻地说话，吻她的额头再离开，朱荑都没睁开眼睛，她不愿意面对，无论他解释还是不解释，都是折磨。

分手这么多次，朱荑有了足够的经验，甚至有点儿期待，期待这一次能够真的分开。

张逍磊出去之后，她从沙发上坐起身，闭着眼睛捋了捋头发，走到阳台上看着他的背影说："你也一样，加油。"她看到张逍磊低头看着手机慢慢走远，然后听见屋子里的手机振了一下。

"我搬走，这里离你剧院近，你们排练演出结束得晚，这边治安好，你住着安全。我收拾一下，最多一个星期搬走。"

朱茰没有犹豫，回复了一个字，"好"。

不要纠缠。不纠缠才能好好开始。失恋对于朱茰来说，就像失眠一样，习以为常，坦然接受。

剧院开动员大会，有一个大戏要筹备，通知所有人都参加。朱茰稍微收拾了一下，如往常一样去上班。

年度重点、主旋律、大投资、著名导演、参赛评奖……领导们在介绍剧目时反复使用这些词，会场表面风平浪静，但所有的讨论早已在席间人的手机里热火朝天展开了。

朱茰也收到了信息，剧院书记让她结束后去办公室一趟。这很明显是要给她机会，所有人杀红眼的时候，她捡到了一块儿馅饼。朱茰觉得这条信息好像所有人都知道了，她紧张得不知道怎么从人流中逆向而行。

书记开门见山，她很认可朱茰的业务水平，也肯定了这些年朱茰对剧院的贡献，工作量年年达标，但是职称还是跟刚进来的新人一样，所以特意给她留了这个机会,演一个13岁就牺牲的小烈士。戏份不多但重要,而且是剧中为数不多的女性角色。书记觉得无须再多说什么,朱荑肯定明白她的良苦用心,她甚至直接跟朱荑说,"不用谢我,好好把握机会。"

"我觉得我不太合适。13岁,我塑造起来不是很有优势。"

"你说什么?"书记认认真真地问了朱荑,"你到底知不知道你在说什么。"

朱荑想解释她为什么不是很感兴趣这个角色,她还想感谢一下书记记挂着她,但是书记说:"你当我什么都没说过,出去吧。"

搞得自己很清高,是剧院很多人对她的评价。起初有人传她是官二代,所以对什么都一副不感兴趣的样子,后来又传她是富二代,才能支撑她安于现状不思进取,再后来就传她给大款做"小三",不缺钱也不能抛头露面。但这些传言很快就因为朱荑父母来看戏、张逍磊接她下班被打破了,她到底清高个什么?

"朱荑,站住。"马路对面,一个端着咖啡戴着墨镜的女人喊她。

袁小桐是朱荑为数不多的好朋友之一，她但凡出现，基本都赶在朱荑和张逍磊分手的时候，异常精准。

朱荑摇着头穿过马路，袁小桐起身张开双臂迎接她。

"干吗一副死样？不会又让我赶上了吧？"这是袁小桐拥抱住朱荑的第一句话。

她俩是大学同学，袁小桐没有毕业就签了大公司，当时班里都传她要红了，可是几年过去她非但没红，连戏都不怎么拍了。她跟同学也不联系，生生把自己活成了谜语。刚毕业那会儿很多人都向朱荑打听袁小桐的情况，朱荑不是不想说，她是真的什么都不知道，她从来没有问过关于袁小桐在干什么这类问题，正是因为这样，袁小桐才愿意跟她一直处。边界感，是任何关系中最难存在却又最为重要的。后来，班里同学也不打听了，大家都忙自己的事情，再也没空关心这两位淡出核心竞争圈的人。

"你怎么忽然出现了？"朱荑坐在袁小桐对

面，随便找个话题岔开。

"听说你开会，特意到这条路上和你偶遇。帮我介绍男朋友吧，多多益善，刚进剧院的那些小男生之类的都可以。"袁小桐很认真。

"干什么？"袁小桐的生活永远都是朱萸不能理解的。

"谈恋爱啊！不然呢，踢足球吗？"袁小桐笑话朱萸老古板。她觉得像她和朱萸这种貌若天仙的姑娘，都不可以只谈一个男朋友，男人是要在一定数量的基础上，才能筛选出有质量的。像朱萸似的，一场恋爱谈五六年，是对资源最大的浪费。

袁小桐边说边掰着手指头数，说她上一个恋爱谈了一年多，太浪费时间了，按照一个月一个的换，得找十三四个才能补上，十个可不算多。她又给朱萸讲了现在相亲市场的情况，一个本地妈妈帮儿子贴出的广告，她儿子36岁，年收入50万但不知道税前还是税后，他们家上海有两套房也不知道在哪儿，老两口是事业单位退休，要求女方不超过25岁，211大学本科毕业，原生家庭幸福，出生地是一线城市……

"你是不是已经out了？第一个要求我们就再见

了。现实，多么赤裸。"

路上有这么多人，没有一个行色匆匆、归心似箭的，上午十一点钟，他们都不用上班吗？如果大家都很悠闲，那么是谁把时光的车轮拨转得这么快。朱萸听袁小桐热热烈烈地讲个不停，她看倦了人，就盯着一只趴在对面桌子下的狗。它用爪子垫着下巴，眼睛盯着被自己的气息吹起来的爪子上的毛，飘起来，又落下，玩得不亦乐乎。

"所以快点儿开始下一段恋爱呀！不要再为那个'一副死脸'的张逍磊痛苦了。你要不然嫁给他，要不然删了他。"

朱萸还没有反应过来，什么时候话题就转到了自己身上，袁小桐已经伸手拿起她的手机，点开屏幕又在朱萸面前晃了晃，手机解了锁，她迅速地拉黑了张逍磊的电话号码和微信。

"重新开始吧。"

袁小桐走后，朱萸回味她刚才问的问题。张逍磊为什么会失约？为什么不停地跑去见客户喝酒？他不是口口声声地说自己不会被生活裹挟吗？他不是蔑视一切物欲横流吗？

想当初，就是袁小桐站在学校的草坪上，掐着腰问张逍磊，"你有多少钱，敢追我们班最漂亮的姑娘。"张逍磊高傲地回答她，"能用金钱衡量的东西都不值得。"

六年前的小饭店，张逍磊没有要到电话，很受挫。从小到大，还没有什么事情能让他觉得无从下手。甚至在要电话之前，他都只是犹豫着自己，要不要在事业的上升期分出精力来交往一个女孩子。

仅仅过了两天，朱萸在剧院的门口又一次见到张逍磊，她还没卸妆，他手里拿着票，说："你演得真好，给我签个名吧，还有电话。"

"我怎么演得好？"

"你穿着白色的睡衣站在窗前说无论如何都要工作那一段，明明眼睛是喜悦又充满希望的，可是我看出了悲伤，我觉得这很难演吧。"

朱萸激动得拥抱了张逍磊，太突然了，让张逍磊显得局促且羞涩。她笑着把电话写在他的手心里，张逍磊终于拿到了通行证。

后来，朱萸问过他一个问题，"你喜欢我是

因为我长得好看，对吗？"张逍磊被她逗得哈哈大笑，总不能面对天使一样的面孔非得说我爱上的是你圣洁的灵魂吧。他笑了好半天，说："当然是，但更重要的是，我觉得我找到了同类。"

"怎么讲？"

"你不愿意被他们口中的'生活'所激励，我也是。"

哦，原来他记得她跟他讲的小故事，那天晚上为什么会被人撬掉角色，就因为有用人单位的领导来看戏，大家都明白人家是来挑人的，朱荑莫名其妙就被换下来了，甚至都没给个合理的说法。当然了，她听完安排，连句为什么都没问。张逍磊问她怎么不追究，她就说出了那句"原本也不想出名"的至理名言。她研究着啤酒泡沫，不经意地说："我其实特别想留校当个图书馆管理员。"但往往越是算计就越算计不到，被换下来的那天，领导们因为下雨都没来，张逍磊买票看戏那天，领导们又临时有空了，巧不巧，一个未来的图书管理员被挑进了艺术剧院。

张逍磊很快就牵了朱荑的手，那手指比看着还要纤细还要柔软，他忍不住地摩挲着，朱萸低头盯着他俩的手问："你是不是也喜欢把它们缠起来？"

怎么会有如此可爱的姑娘，张道磊觉得自己深深地坠落了。

那时候，大学还没毕业的朱萸根本听不懂张道磊说的什么项目组、幕后黑手、移花接木，她就知道这个人和她一样，慢悠悠的，不打鸡血，不张嘴闭嘴就说钱。

爱情冷却之后，是一定要被金钱衡量一下，才好迎来新的生活吗？

张道磊离开家之后，朱萸过了几天日夜颠倒的日子，她想理一理东西，等哪一天张道磊来搬家的时候随手就能拿走了。打开衣柜，光是这一季的衣服就满满当当，她又想去找个袋子，翻了几个抽屉都没翻到，习惯性地拿起手机想问张道磊，才发现那天袁小桐删了他。她就下楼去买了新的收纳盒子，西装不能叠，一件一件的，连着衣架和衣罩都放在了床上，衬衫还有两件洗了没来得及烫，她走过去拿熨斗，又想起来不过是帮他收拾分手的行李罢了。丢下衬衫去拿休闲的衣服，那些软软的棉麻裤子，摸起来手感可真好，这是他们谈恋爱之前张道磊绝对不会穿的，都是因为朱英喜欢，他才把牛仔裤都换了。还有白色的棉T恤，两人经常买一沓一起穿，他穿着裹在身上，她穿着像个睡裙。

那么，该怎么分呢？

朱英躺在那些西装的旁边，屋里散着香樟木的味道，她跟妈妈学的，每年换季都往衣柜里放好多樟木条，这味道浓了之后会让人有点儿头晕。不知道他怎么样了，这几天住哪儿，也没有带换洗的衣服，是都不要了全买新的吗。这一年生意又不好，何必赌气花些不必要的钱，赌气，赌谁的气，该赌气的人都还没怎样，他有什么可赌气的……接二连三地瞎想。有些人遇到事儿喜欢找朋友聊天，有些人喜欢喝酒消愁，她就喜欢这样安安静静地想，一整天一整天地想，周围是安静的，回忆是嘈杂的。

剧院引进了新戏，制作团队是德国来的，导演很年轻，据说很有才华，他要求凡是有意愿参加这个戏的，都得先参加工作坊训练，一个月后再进行角色的遴选和分配。主动报名的人很少，这种工作显然没什么太大的好处，又辛苦。被分配来的基本上都是刚进来的毕业生，还有几位常年在外面跑组回来凑工作量的。只有朱荑是自己报名的。去开建组会的时候，好像看见了书记，但人家离老远就掉头走开了，朱荑觉得奇怪，要说不好意思也该是自己，领导怎么还主动回避起来了。果然是个没人疼的剧组，建组会没有重量人物，剧院只配了一个执行制作和一个翻译，冷冷清清的，正合朱荑的心意。

法国酒庄的联合代理人咬死涨价，张逍磊左核右算都不可能再继续合作，这几个法国的二道贩子摆明了就是要把他踢出局，具体原因不详。那天晚上豁出老命去陪他们又是吃饭又是唱歌的，钱一分没少花，事儿一点儿也没办成。他这几天住在办公室，财务理了一下账，除了几笔基本断定回不了款的账，账上都是负数。房租、人员工资、水电、库房……他跟老板王强打过很多电话，王强很明确，正在找下家出手。最坏结果，最坏结果老板是不会说出口的，自己明白就好。当初王强找张逍磊合作会所的时候，他是身价难测的房地产新军，投资个小会所无非是为了自己和朋友玩儿得方便，顺便赚赚小钱。近两年先是因为政策调控，他的房地产生意受了重挫，然后就发生了多米诺骨牌效应，他旗下投资的各个公司接二连三地出现危机，张逍磊这里应该是最小最不值得他心疼一下的。

没有事情做是最让人心慌的。既没有漂在海上的船需要惦记，也没有需要跑的客户要联系，就这样不明不白地走吗？张逍磊把以前舍不得喝的酒都拿出来开了，没日没夜地喝了几天。那天睡醒了为什么没有道歉，并不是说觉得自己没错，或者像之前那样埋怨朱萸不理解自己，而是他要给自己台阶。六年前问人家要电话号码的时候，优秀到根本不会考虑还有一个结果是被拒绝，现在被分手，他自卑到也不敢想还有一种情况是可以挽回。

逆境中的众叛亲离，也许只是如你所愿罢了。

张逍磊买了张机票去银川，他办公室里扔着一份宁夏贺兰山东麓葡萄酒庄园的介绍，很久了，不知道是谁拿来的。去一趟，去联系什么呢？张逍磊想半天也没有想出什么理由，算了，什么都不联系，就去喝点儿酒。

宁夏贺兰山东麓，有很多葡萄园，一群全靠情怀的人在这里耕种葡萄，憧憬着有一天做出属于中国人自己的、世界级的葡萄酒。在飞机上，张逍磊翻看着从办公室带出来的小册子。

关机前，他给朱萸发了个微信：我要出趟差，找房子的事情回来会继续。

消息被对方拒收。心里咯噔一下，他把对话框往左边划了一下，在删除键那里犹豫了一会儿，点了旁边的不显示。

朱萸正在剧组热火朝天地做着身体训练，她用高强度的运动让自己的脑子休息。不要思念，分开，要习惯你是你，我是我；习惯在人群中，我们就是两个永远都不会再遇见的陌生人。为此，朱萸把手机扔到了观众席。

葡萄园很朴实，男人们在葡萄藤里穿梭，一垄垄的田间地头，枯燥地重复着剪葡萄枝、浇水这些工作。大风吹着，太阳晒着，劳作的细节让生活真实不虚，如果真的喜欢葡萄酒，那么这里才是归属吧。张逍磊到贺兰山的这些天，终于睡着了，他放过了自己，不再拧巴，给王强发了个消息，不撑了，大家都好好找买家。

越是走到跟前越是发现路还有很远。看照片的时候以为葡萄园就在山脚下，真到了之后才发现这里一望无际。原本是一片戈壁，现在就算种上了葡萄，铺上了绿色，看着也并不轻盈。黄色的土，偶有沙砾，放眼看去，矮矮的葡萄藤直直地伸到山脚，显得山更高了，而那些带着草帽摘葡萄的人，渺小到都找不到了。张道磊觉得有点像自己的人生，只不过要反过来，像是从山上看葡萄园。高开低走，走进泥土。早年在投行里时，总觉得大企业结构老派、等级森严，这些都是无形桎梏，让他不能放开手脚做事，还有尔虞我诈，更是他看不上眼的消耗；离开之后才发现，虽然获得了自由，也没那么复杂的人际关系，但是遮风挡雨的大伞也消失了。以前和同事争和客户斗，都是能看得见摸得着的，自己做了之后根本不知道坑在哪里。比如，好好的外贸进口生意，怎么说提价就提价了，原本就极薄的利润空间，一下子几乎就没了；同行都遵守的价格，说一个不干就立马拦着脚腕子斩价，不管不顾地甩货，稳定客户瞬间流失。就连那种官场式应酬，他以为自己这辈子都不会参与，没想到他也不得不时常搞一下。真的是亲手把日子过成了自己最讨厌的样子，就像买拼图的时候，看到的永远都是拼好之后的优雅，可打开盒子后发现那些凌乱不堪的碎片，根本无从下手。

他在月朗星稀的晚上，看到洒进窗户里的月光，银白色，冰冷冷的，又亮又轻，好像都担不起一个影子，怎么忽然间就想起了那句"床前明月光"，低头，但不要思念，思念过去的生活只能证明你是现实中的懦夫，爱情也是一样的。删掉手机里的印记，是停止思念的捷径，我不如你有勇气，张逍磊仰在床上自言自语，他当然不知道，删掉他也不是朱荑自己做到的。

工作坊很辛苦，朱荑一头扎进去，甚至找回了上大学时的感觉。这个德国来的导演会每天布置作业，第二天还得回课，才开始几天，已经有人陆陆续续找了各种理由退出了。朱荑很享受忙碌，在这一点上，她跟张逍磊无比一致，忙碌可以治愈一切低落的情绪。每天早上六点开始出去跑步，晚上大家都走了，她还在排练厅里练扔下多年的戏曲身段。有一次书记刚好路过排练厅,站在门口看了朱萸半天,朱萸正一圈圈地跑着圆场,她盯着镜子里的自己,矫正着任何一个她认为不到位的动作,从手指到眼神,她随意地把头发扎在头顶,碎发丝随着汗水贴在额头和脖子上,越发衬出了冷白的皮肤。微微上扬的嘴角,偶尔因为不满意而紧咬住的嘴唇,只是穿着黑色的练功服而已,都那么美丽动人。

"朱萸,还不走?"朱萸才发现书记已经走进排练厅了。"我练会儿功,明天排练可能用得上。"这一停下,朱萸脸颊慢慢地泛起了红晕,映着水汪汪的大眼睛更灵动了。"我还以为你要在外面接影视剧呢。"朱萸懵懵懂懂地摇头,她显然没明白书记的潜台词。

傻,哪有傻成这样的好姑娘,特意给她留出来的机会不要,却赶着在这没人搭理的地方瞎使劲儿,一个女人的好日子就这么几年,这姑娘到底想荒废到什么时候?想不通,书记笑着说:"没啥事儿,你继续吧,我先走了。"

回家的路上,朱萸打开手机备忘录,买饮用水、咖啡豆、面包,交电费、水费,给宽带打电话咨询为什么网速越来越慢。这些事情都要慢慢学会自己做，以前有好几次分手，都是因为这些琐事又不得不去联系，一来二去就又和好了。所以，这次一定要学会自己独立地生活，至少得弄明白在一起是因为爱还是因为依赖。

"如果不爱了，分开是对的，我不爱他，总有别人爱他，他应该跟爱他的人在一起才是。"朱荑天天这么告诉自己。

住了几天，张逍磊跟庄主宋大哥也混熟了。宋大哥说："你这人挺逗，人家情场失意或者职场失意都是二选一，你怎么这么背？而且失意的人一般都是买张机票去拉萨啥的舔舐伤口，没见过飞来银川天天喊着种葡萄的。"张逍磊就笑，也不多说。他问宋大哥为啥来种葡萄，宋大哥开玩笑说："为了减肥。"老宋是在中关村通过努力赚到第一桶金的那拨人，他说自己的故事特别大众，人到中年为了赚钱累垮了身体，赚到了钱也丢了家庭，等等。四个字总结，乏善可陈。

老宋的酒庄原本不大，三五不时地会有之前

的朋友跑来度假，一来二去大家都觉得好，于是就开始加磅，也有入了股份继续回大城市拼命的，也有连人带钱一起留下来的。葡萄园的规模就越来越大也越来越专业，合伙人的年纪和背景都差不多，大家各显神通，不光设备越来越精良，还挖来了好几位法国的酿酒老师。"种葡萄酿酒，不是一年两年的事情，时间在这里好像停滞了，所以，我好像也不会再变老了，是不是很好？"宋大哥被晒得黝黑，草帽下的笑容跟他的西北口音十分相配。

"老宋，我没钱入股，你按照当地水平给我开个工资，管吃管住，我就不走了。行吗？"张逍磊不是说着玩儿的，他很冷静地等着宋大哥的回应。

"你知道我为什么能待得住吗？"宋大哥给他倒了杯酒。

"因为这里简单。"张逍磊猜。

"不，是跑不动了。你还年轻，别因为一时不顺就躲。躲到哪儿，该解决的问题还得面对。"

张逍磊想跟他聊聊自己的生活，他不是躲，是不愿意再继续卷，想当初辞职创业不就是想干点儿喜欢的事情嘛，既然会所变了味，干脆到源头多直接，这是他天天站在葡萄地里晒着大太阳看贺兰山终于想明白的事情。

实实在在地做事情，不被那些世俗的观念裹挟，拒绝被那些所谓"成功"所激励。贺兰山，合适。

"那你更不用来贺兰山了，这么自信直接回去跟女朋友求婚就好，怎么都是过一辈子，你这智商也不会饿死。"

老宋笑呵呵地拍着张逍磊的肩膀，说得轻描淡写。

该面对的问题总要面对，这么多年的感情，至少也得有个面对面的再见才配得上他们曾经的一见钟情。

第二章

把"要"写在脸上的范妮妮,
有勇气没运气的大聪明袁小桐

张逍磊回家的时候，朱荑正坐在家门口等开锁师傅上门，虽然她配了好几把钥匙，在每个包里都放了，但还是因为下楼买牛奶没带包把自己锁在了外面。

"好巧，我给师傅打电话让他不用来了。"再见张逍磊，朱荑很平静。这让张逍磊多少有点儿难过，曾经又哭又闹的小丫头，不知道从什么时候开始就长大了。

"换个指纹锁吧，就不用带钥匙了。"张逍磊打开了家门，"我有件事跟你商量。"

"什么事？"朱荑很刻意地跟他保持着距离，站在离他老远的地方等他说话。

"我要离开上海了，先要把手头的事情处理一下。所以，能不能先让我再住几天？我就不租新的房子了。当然了，你要是觉得不方便，我就去住酒店也行，没事儿。……算了，我去住酒店吧。"张逍磊说着的时候就觉得自己像是因为不想分手而找理由赖着不走，不解释还好，他仿佛看到了朱荑脸上飘过了一丝"又来这套"的表情。离开？朱荑心下意识地被揪了一下，她差点儿就脱口而出问为什么。

张逍磊感激朱荑，她的沉默给了他体面。过道的凉风在他们之间穿梭着，朱荑抱着胳膊靠在厨房的门框上，似乎说完这句话，张逍磊就应该走了，但他很想好好跟朱荑聊聊，这么远飞回来，不是就想好好说声再见嘛。朱荑也没办法走开，她想象过各种各样再遇见的场景，包括他回家，虽然不愿承认，但她真的设想过若是他道歉，他们会不会又和好了，如果不想和好，她得有什么样的举动才能拒绝。所有这些假设里，唯独没有他告诉她要离开上海这种。他黑了，胡子也没有刮，衣服好像还是离开时穿的那件，食指上缠着创可贴，好像瘦了，眼眶原本就高，这下显得更高了，连着笔挺挺的鼻梁。那双单眼皮的小眼睛，这会儿充满了倦意，眉头也跟着这种氛围锁在一起。他可能还想说什么，但没想好，下颌角连着喉结不动声色地启动了一下，又停了。张逍磊的一切朱荑都太熟悉了，熟悉到闭着眼不看也都逃不过她。

"不用，你住吧，我搬去剧院招待所，本来我也要去的，排练太忙了，我明天就住过去。"

她不经意抬头，恰巧四目相对。"……我今晚去也行。"朱荑连忙改口，她怕张道磊误会她有些担心或者可怜他。

"明天吧，太晚了。我睡沙发。谢谢。"有默契的人，怎么会感受不到她的感受。收下好意，迅速结束这个话题，张道磊转身进了屋。

原本熟悉的两个人在最熟悉的家里，要像陌生人一样相处，是很有难度的。朱荑只能尽快地洗漱好躲进卧室，她躺在床上翻来覆去地想刚才发生的一切。什么叫要离开了？去哪里呢？不回来了吗？为什么要离开？虽然分手了，就不要再关心人家的生活。但是，就算分手了，至少也是个熟悉的人，万一他真的是出了什么事，难道要袖手旁观吗？就算是陌路人也得问一句，你还好吧？要离开到底是什么意思？难道是家里出事了？

"出什么事了？"

朱荑推开门问出口的那一瞬间，已经想好了，他要敷衍地回复或者说些其他有的没的，她就转身回房间收拾东西，无论多晚都立刻离开。

张道磊正在铺沙发床，没反应过来朱荑问的是哪件事。朱荑又在绕她手指头，每当她紧张不安的时候，她就会这样。"哦"，张逍磊明白了，她还担心他。

他简略但认真地告诉了朱荑现在的境况以及刚过去那几天的经历，朱荑才知道张逍磊的工作遇到了困难，也理解了那天为何被放鸽子，但了解了又能怎样呢？他们两人的关系，并不是一两件具体的事情能左右或者解决的。

朱荑想，就这样吧，他未来的计划里没有我，我们早就应该结束了。

张逍磊也在想，就这样吧，幸好分开了，他日踏破贺兰山缺是不必拉着朱荑一起的。

夜深了，这种老洋房举架很高又临着一条小马路，外面稍有动静，就会显得尤为清晰。比如一两辆炸街的摩托车，两三个吃完夜宵喝了酒不肯回宿舍的大学生。张逍磊回忆起刚找到这个老房子时的场景，房东是一对有着十分民国文艺气息的老先生和太太，阿姨穿着手工的花色旗袍，戴着蕾丝的白手套，拿着用竹节做把手的提花粗布包，走路时紧紧挽着老先生的手臂，大概是腿脚不太方便了，但依旧很爱美，任性地穿着有一点儿跟的白皮鞋。老先生穿着竖条纹的西式套装，衬衫、领结、袖口、马甲、外套、口袋手帕……细节满满，一丝不苟。

老先生肯把房子租给张逍磊，是经过认真考察的，中途他谢绝了一个主动溢价的卖服装的生意人，他们夫妻俩把签合同看成是很有仪式感的事情，领着张逍磊前前后后地又看了一遍屋子，再三叮嘱，合同签的时间长，我们也不会涨价，只要求一件事，不能转租，要当成自己的家，温暖地住着。阿姨依依不舍，这个房子是她从小长大的地方，以前连同这个院子都是他们家的，后来时势变迁，几经波折拿回了三楼带晒台的这一间，若不是儿子非要带他们去英国养老，他们是绝对不会离开的。张逍磊一一答应着，他不是应付，他也是发自内心地希望有这样一个安稳的住处，好跟他的朱萸开始崭新的生活。

所以朱萸是从宿舍直接搬进这间洋房的，一天漂泊的日子都没过过。当然了，她也有同学一毕业就结婚住进豪宅的，跟那种日子比起来，这间老房子略显清贫，但朱萸一点儿也不羡慕那种生活，她极其认同张逍磊，能用金钱衡量的东西都不值得。

他们俩在一起，值得。张逍磊睡不着，他静悄悄地起身，客厅的窗帘没拉，外面的路灯刚刚好照进来，橙色的，不聚光，只能稍微让屋里有个模样，所有的家具被勾出轮廓，偶尔，巡逻的警车路过，红色的警灯也会照进来，会忽然有点儿暧昧。桌子上还是连个杯子都没有，朱萸喜欢把所有的东西都放在柜子里，柜子上的百合花还没完全开起来。冰箱上贴了好多小纸条，张逍磊借着这昏暗的光亮看，全是各种提醒，连"把黄油放回冰箱"这种也有。他回头看到家门，上面贴着一张A4纸，画着画，还有三个大字"带钥匙"。

没有我的日子，她很辛苦吧。转而又觉得这样的念头很无耻，只要花点儿心思就能做的事情，有什么值得炫耀的。

朱萸倒是睡得很好，这些天来睡得最好的一晚，没做梦，踏踏实实地睡到了天亮，连跑步都晚了。她起床的时候，张逍磊已经走了。朱萸收拾了衣服和日用品，拎着箱子去剧院了。

年轻的德国导演柯文特别喜欢朱萸，因为她

又努力又简单。每次柯文提出一个想法时，朱萸都是直接站起来去试，从来没有过问题。不像其他演员，大家总喜欢在什么都没做的时候先讨论，讨论这个想法是不是可行，或者有没有意义，或者是什么结果，等等。柯文很奇怪，为什么大家都只喜欢动脑子动嘴，明明这两个地方只占了一个人身上很小很小的面积。朱萸不问，主要是她问不出来，她也奇怪其他人怎么能仅仅根据一个小想法就发散出方方面面，比如简单的从这边走到那边，他们是怎么讨论到关于灵魂互换和意识飞升的？朱萸参与不进去，倒显得有些特别。

柯文对朱萸的偏爱很快被组里的另一个女演员范妮妮发现了。范妮妮是后来加入的，她刚拍完一个网剧，跟下部戏之间有三个月的空档。也不知道是出于什么原因，她听说朱萸在这个组之后，马上主动请缨加入这个从开始就只有人申请退出的剧组。领导一头雾水，也懒得深究。剧组几个上了年纪的老演员很热情地提醒朱萸，说："范妮妮是冲你来的，她嫉妒你，有种人就是这样，专门看着别人碗里的饭香。"是又怎样呢，朱萸心想，所以她也不搭茬。

范妮妮是那种很"要"的演员,她从来不掩饰自己必须站在最中间的欲望,当然也会为此付出异于常人的努力,朱荑没有跟她争的意思。但她越清淡,范妮妮越警醒,她受不了导演关注别的女演员比关注自己多。组里人都感觉到了,排练场里的戏比导演手里拿的那沓剧本还有意思。朱荑不是木头,但她也不知道如何应对,她甚至笨拙地在组里夸赞范妮妮是永远的女主角,想要暗示范妮妮她并没有跟她争的意思。但对范妮妮来说,这些都是徒劳,因为柯文的眼睛总是停留在朱荑身上,哪怕她已经躲进角落里。

"导演,听说你喜欢喝酒啊?"排练间隙,范妮妮拉着翻译跟导演聊天,"你喜欢什么酒?"

柯文是德国人,当然喜欢喝啤酒,但他回答什么内容都无所谓,范妮妮主要是想把话题拉到朱荑身上。

"男人好像都喜欢啤酒,但女生就喜欢红酒,比如朱荑。"范妮妮等着翻译说给柯文听,柯文脸上果然露出感兴趣的神情,这时候刚巧朱荑甩着洗干净没擦的手进屋。"猪猪,你过来跟导演聊聊红酒呀，你老公不是卖红酒的吗？正好导演喜欢。"

翻译有些尴尬，照实给导演一句一句地说，柯文慢慢点着头，礼貌地对着朱茰微笑。在场的其他人都知道范妮妮什么意思，范妮妮装傻充愣，阳光灿烂地盯着朱茰等她回答。朱茰站在台中间，愣了一会儿，然后说："我没有老公，做红酒的是前男友，已经分手了。我不懂红酒，需要的话可以介绍给你们认识。"

朱茰说完，立即就有热心的哥哥姐姐围过来问她，什么时候分的呀？为了什么啊？不是都快结婚了吗？每个人都那么关心她，好像大家都是至亲好友一般。朱茰随便回复了几句，诸如"刚分的，性格不合适"这样没有滋味儿的话，脱身回到了自己角落的座位上，擦手，涂护手霜，刻意地认真。而其他人的热情久久无法褪去，八卦别人的私事永远都是一群人聚在一起最快乐的事情。

只有范妮妮没参与，她坐在另一头的角落里提不起情绪，原本处心积虑地提起话题是想拦截的，没想到直接变成了助攻。柯文听翻译讲完，一点儿都不掩饰地开心，立即邀请大家晚上消夜，他请客喝德国啤酒。

"朱茰，我要买红酒，把你前男友的微信推给我吧。"范妮妮横穿整个舞台走到朱茰身边，充满挑衅。

朱茰没反应过来。

"怎么，怕我抢你前男友吗？舍不得给？"范妮妮不依不饶。

"好，我推给你了。"朱茰拿起手机打开微信联络人，范妮妮的手机瞬间振了一下。好在这时导演喊了开始排练，范妮妮放过了朱茰。

张逍磊收到范妮妮的微信时，他正在会所里无所事事。范妮妮很直接，自报家门后跟他说找他有重要的事情，关于朱茰的。张逍磊听朱茰说起过她，很早以前，主要是最近一两年，朱茰很少再跟他聊剧院里的事情，或者说他们聊天的时间就很少。既然是关于朱茰的事，张逍磊自然不能说连问一下都不问，他原本想就在电话里说，但范妮妮执意要见面，张逍磊索性约她到会所。

范妮妮开门见山，不讲究任何方式方法，坐下就问张逍磊知不知道朱茰为什么跟他分手。这把张逍磊问蒙了，细究的话他好像真的不知道朱荑为什么跟他分手。范妮妮并不等他回应，"剧院请的德国导演叫柯文，很帅很年轻很有才，有没有钱不一定，他在追朱荑。朱荑也喜欢他，两人一唱一和，全组人都知道。我这人被男人'绿'过，所以特别讨厌'绿'别人的人，不管男女。我单纯地看不下去，跟你说一声，别蒙在鼓里，是不是自己还瞎愧疚呢？太可怜。"

"说完了？"张逍磊觉得这姑娘身上有一股东北人形容的彪乎乎的劲儿，举动很令人讨厌，但坦诚得又让人生不起气来。

范妮妮也愣了，这跟她预计的情况不太一样，这个男人可以如此掩饰自己的真实情绪吗？他甚至平静地又问了问自己找他的目的是什么，"目的不是已经很明确了吗？就是告诉你事实的真相啊。"张逍磊很客气地感谢了她，还稍微解释了一下自己跟朱荑的关系，以及他是发自内心地祝福朱荑能够开始新的生活。

如果真像范妮妮说的那样，就是好人有好报了。怪不得这次分手她如此决绝，怪不得连他的联系方式她都删除拉黑了。果然，开始新的恋情是疗愈失恋最好的药，张逍磊这么想着，很难过，但也欣慰，五味杂陈。范妮妮说得对，他太能装了。他很想放纵一下，这些年他活得太累，扮演张逍磊这个角色太累了。

柯文选了一家地道的德国餐厅请大家消夜，剧组里几位年长的演员结束排练已经要累散架了，所以最后去的只有朱荑、范妮妮和几个刚进剧团的小演员。朱荑可以用英文和柯文直接交流专业，范妮妮就凑不上边了，几个小演员还有翻译就拽着她喝酒，一口一个姐地喊着，把她哄得也挺开心，暂时放过了朱荑。朱荑上学期间有一个学期是英国外教来上课，所以专业范围内的英文她可以应付，柯文也是个戏痴，两人边喝酒边聊戏，世界各地的戏，各自喜欢的戏，看过的、听过的、演过的，好的、坏的。遇到一个有话可谈的人自然是快乐的，但她不知道为什么，总是控制不住地会把眼前这个男人跟张逍磊比较。柯文就不会只是笑着听她讲，他更愿意表达自己的观点；柯文也不会把朱荑酒杯里的酒很自然地倒进自己的杯子，他不会介意或者关注到朱荑是不是喝得有点儿多了；他也不会把她尝了一口放在盘子里的东西都拿过来自己吃掉……当然了，他又不是她的谁，怎么可能会有这种举动。朱荑借口去洗手间，自己站到餐厅门口吹吹凉风，她需要冷静一下，为什么会这样没有由头地想起张逍磊呢？

这是靠近外滩的一条小马路，单行道，也没有路边车位，所以车子很少，多数都是路过停一下的网约车，这样的夜晚和时段，当然是属于精力旺盛的年轻人。好像毕业之后，就很少有这样的生活了，不喜欢热闹也不喜欢应酬，袁小桐说她太佛系了，就算是没想过要出名，该付出的努力总还是要的，结交朋友、维护关系当然也是努力的一部分，朱荑不否认也不改变。对此，张逍磊就很尊重她，他就一直说，"朱荑，做你想做的事情就好。"

他真的是最了解我的人，可是有什么用呢？

柯文看她很久没有回去，便出来找她，她说："没什么，觉得里面有点儿热，我们回去吧。"朱荑回身进去，刚好有个人出来，柯文很礼貌地扶了一下朱荑的腰，让那人不至于撞到她。朱荑下意识地快走了几步，她还不习惯，不习惯在生活中有除了张逍磊之外的男人跟她这么接近。

与人聊天也不全是负担，尤其是一大杯黑啤喝完，朱荑已经有点儿上头了。柯文还在叽里呱啦地说着，朱荑脑子里的翻译中枢完全被酒精麻痹了，她只觉得两腮发热，耳朵也热。于是，她就把脸贴在啤酒杯上降温，特别像一只困极了但又不能睡觉的小动物。柯文忍不住伸手去摸了摸她的头，他很喜欢朱荑，喜欢这个特别东方的女生。

柯文和翻译都住在剧院的招待所，他们带着朱荑打车一起回去。范妮妮也喝得有些多了，吵吵着不醉不休，那几个刚毕业的小孩子正好不愿意早回家，起哄继续喝。朱荑上车之后就趴在车窗上，根本睁不开眼睛，翻译成人之美地坐在副驾驶上，柯文贴心又绅士地让朱荑的脑袋靠在自己的肩上，一路都不敢动，生怕打扰了她的美梦。

无巧不成书，好不容易想要放纵一下的张逍磊遇上了天天放纵的袁小桐。只有在深夜才能看到热闹的club里，张逍磊自己开了一个卡，洋酒又贵又难喝，但不影响他放纵，一群游弋在这空间里的小姑娘很快就发现了他，几乎是一副狼吞虎咽地扑面

第二章 把「要」写在脸上的范妮妮，有勇气没运气的大聪明袁小桐

043

而来，想要说句话几乎是要脸贴着脸才能听清楚。他只想跟着震动心脏的音乐狂跳，跳累了就喝酒，有很多个瞬间，摇曳的灯光，迷离的眼神，让他觉得下一秒也许就会窒息，他愿顺其自然，根本不想挣扎。

人越来越多，像是沙丁鱼罐头一样，围在他身边的姑娘，挤过来一拨又挤出去一拨，他也不抬头，直到有人卡住他的胳膊，就像被一头牛拽住了似的，被拖到了门外的空地上。张逍磊趔趄着被推下台阶，站不稳，几乎坐在了地上，好在旁边一棵梧桐树倚住了他。

"作死呢吧？"袁小桐还是掐着腰，站在台阶上指着张逍磊的鼻子大喊。

他们交往并不多，在草坪上替闺密检验过张逍磊之后，袁小桐很快就因为签公司消失了。他记得她，有勇无谋，像个莽夫。张逍磊扶着那棵大树，也不知道为什么，狂笑不止。他们中间隔着一条空落落的行人道，里面和外面就是两个世界，外面连只鸟都没有醒着的了，偶尔有出租车跑过，卷起刚刚洒扫过还没干的马路上的水珠，在路灯和车尾的映照下，像是一颗一颗金珠子掉在地上，但没有声响。

张逍磊让夜风一吹，酒绕着周身全部散开，他笑着笑着居然吐了，感觉胃里翻江倒海，根本抬不起头来，只能死死地抱着那棵树。然后好像有人扶住了他，给了他一瓶水，又叫了一辆车，司机问他去哪儿，他说当然是回家。

袁小桐很早就在club里看到张逍磊了，一个人坐一个卡，特别扎眼。她看他也不搭理送上门去的姑娘们，就一个人闷头喝，喝完了就去蹦，太明显了，这是排解失恋的痛苦。起初她觉得他活该，不知道珍惜的人都应该有这种下场。但女人总是容易动恻隐之心，看他这么刻意地折磨自己，袁小桐又回忆起那天抢了朱茵手机把张逍磊删了这事儿，她有些自责，别人的感情自己在这里瞎掺和什么，说不定他俩就是日常的吵闹，他俩这些年可不就是一直这么闹的嘛。袁小桐想到这里，抄起手机给朱茵打去电话："你先把张逍磊加回来，后面真的不好了你自己删他，万一哪天张逍磊知道是我把他从你生活里彻底删除了的话，他肯定会觉得我俗不可耐，觉得我冰冷无情只认金钱，我不能背负这千古罪名。"

那时候，朱荑正抱着黑啤酒杯子听柯文跟他讲希腊的露天剧场，根本没发现包里手机在振动。直到他们坐进车里，柯文发现朱荑的手机一直在振，他接起来，打了招呼，袁小桐听到是个外国人，挂了重新又打了一遍，柯文把电话递给了翻译，小翻译照实说，"朱荑姐姐喝多了，我跟着导演现在送她回剧院招待所。"

你俩可真棒啊，袁小桐看着醉得也需要她送回去的张逍磊感慨。

张逍磊稀里糊涂地说了好多，能听清楚的就是祝你幸福。

是非的诞生有两个必要条件，一个是制造者的主观意愿，一个是目睹不完整的事实。朱荑和导演聊得不亦乐乎大家都看到了，导演伸手去摸朱荑的头有几个人也看到了，三个人叫车一起走但翻译坐前面，范妮妮是特意盯着看的，至于后面的事情他们根本不想了解，那部分留给创作。于是第二天大家坐在排练厅的时候，都主动把导演身边的位置空出来给朱荑，每个人都是一副要成人之美的表情，就连没去的那几位也一样。只要休息，大家话里话外都在聊什么国外的生活之类，而且总会把话题推给朱荑让她也发表意见，好像朱荑马上要去德国生活了一样。

剧院的招待所在大院最里面，是一个独立的二层楼，不对外，需要连夜拆装台、合成，演出的演职人员都可以申请住宿，象征性地收点儿费用。这个春天，剧院是戏剧节的承办单位之一，很多戏都在这里演出，一个戏从进剧场到撤出，前后差不多五天，剧院要配合每个演出单位工作，几乎所有的工作人员都来加班，凡是加班申请住宿的，都看到了柯文和朱荑一起来一起走。原本只是一个小剧组的八卦，经过这么多人发酵之后，连剧院看大门的门卫再见到朱荑都主动献殷勤说："导演刚出去了。"朱荑一阵脸红，门卫更加确定这就是爱情了。

关于恋爱的各种经验，朱荑属于出发比较早，但是中途退赛的那种。因为长得好看，朱荑从小就是学校的文艺骨干，唱歌跳舞讲故事，从小学到中学，只要有演出必然有她。小学五年级，她就开始收到小男生给她写的纸条，有放学陪她回家的，也有上学专门等着她一起的。她不爱说话就是笑，反正谁约她出去玩她是从来不肯的，因为妈妈不同意。到了初中，大家都懂事了，她也有倾慕的男生，是隔壁班的班长，学习好又是体育特长生，曾经是被选上省游泳队的。两人很有点儿郎才女貌的意思，每天一起上学一起吃午饭。进出校园总能看到并排走着的这两个人，没有亲昵的举止，也不会因为恋爱逃课约会，男生动不动还给朱荑辅导一下数学作业，连三令五申禁止校园恋爱的老师们也对他俩睁一只眼闭一只眼。初中毕业，两人去了不同的高中，渐渐就分开了，然后就断了联系。朱荑在高中里，依然很耀眼，依然有众多男生围绕，她习惯了。

所以，后来跟张逍磊在一起，遇到感情障碍的时候，她就怀疑自己，被各种男生追求了这么多年，到底会不会谈恋爱。

他们第一次的分手，就很可笑，是因为朱荑毕业进剧团后演的第一个戏。那戏排练很辛苦，就两个人，朱荑每天弄到快半夜才能回家，进门就是一顿抱怨，不是对手不认真，就是导演太苛刻。总之，张逍磊觉得她一定是受够了。所以，他经常劝朱荑向剧组请辞，或者干脆从剧院辞职，但每当说到这里，朱荑就嘟起嘴说"算了算了，哪有半截甩手的道理"。张逍磊不是不尊重女朋友，他只是觉得她太年轻太幼稚，谁会觉得她那么重要，谁又会在乎她在乎什么。

首场演出那晚，张逍磊特意推迟了出差买了鲜花去捧场，他原本是想安慰失落的朱荑，不行就别干了，在家里待着，随便做点儿什么打发时间就好。可他万万没想到的是，朱荑在舞台上根本不像她平时说的那样难受，她投入地演着一个为爱疯狂的少妇，和那个曾经被她骂了无数次但外形很俊朗的男演员，极其投入地一次又一次幽会，一次又一次亲昵，无比亲昵，眼神之炽烈、肢体之奔放，连他都没见过。而且现场反响极好，戏还没结束，他周边的观众已经在忍不住地低声夸赞这个年轻的女演员，谢幕的时候，所有人更是毫不吝啬地献出最热烈的掌声。舞台聚光灯下的朱荑那么闪亮，光彩熠熠。她牵着男演员的手，两人幸福又甜蜜地一次次从底幕跑上来，鞠躬、致谢。张逍磊恍惚了，这是跟他谈恋爱的朱茜吗？她到底在跟谁谈恋爱？散场的时候，还没卸妆的朱茜跟那个男演员一起出来，张道磊面对他俩，一时分不清自己身份的真假。

他很生气，无论朱茜解释什么。他告诉朱茜要么分手，要么别干了。朱茜怎么可能同意他这种无理的要求，"分就分，谁怕谁"，两人扭头就走，谁都不回头。

朱茜至今都不理解当初张道磊到底为什么要跟她分手，她问过他很多次，也猜想过是不是因为她接这种亲密的戏他不舒服，张道磊坚决否定了，他可不是那种拈酸吃醋的人。至于两个人的复合，也莫名其妙的。朱茜在分手之后，发现张道磊这个人就消失了，也不打电话也不发消息，那时候他们刚在一起才半年，刚住进那个老洋房，她想不通，在学校里看同学们闹分手，那真的是要闹的，是要一个人站在宿舍楼下喊：我爱你，你为什么还离我而去之类。或者，至少也得打几个电话或者发个消息。除非，除非他就是一个彻头彻尾的大骗子。

奔着要证明张道磊到底是不是一个大骗子的

目的，朱荑在大冬天清晨五点钟跑去老洋房。一路上，她反复练习着袁小桐教给她的台词，如果他家里已经住着另外一个女人，那么一定要用尽所有的力气，用四年形体课学过的技巧，从腰部发力带动手臂，扇他一个大大的耳光，然后头也不回地离开，就当青春喂了狗。如果他家里没人，但他就是说我不想和你好了，那也一定要用最响亮的台词，大声说，你就是个渣男，是个大骗子。能让多少人听到就让多少人听到。

张逍磊开门的时候，看到朱荑红着双眼，冻僵的手指都快缠不动了，他没等她开口，赶紧把她抱进怀里，把她冰凉的手放在自己胸口捂着，问她怎么起这么早，是一夜没睡吗？然后就把她放到床上，给她盖好被子，自己去厨房做早餐了。朱荑看着屋子里的角角落落，跟她走之前没有任何变化，阳台上还晒着那天她换下来还没来得及洗的衣服。

"是我误会了什么吗？还是说成熟的人恋爱就应该是这样的，我们在学校里的那些都太轻浮、太做作了？"

对于为什么好几天没有联系这个事实，张逍磊也是一笔带过。早餐桌上，他主要是给朱荑汇报了这小半个月自己完成了一件大事——跟新的投资人签订了合同，技术入股合作的红酒品鉴会所已经开张了，他之前的工作也已经交接完毕，每天忙得晕头转向，好在现在基本进入正轨，终于可以稍微缓口气了。"这么忙，怪不得没联系我"，朱荑一下子就自洽了。但人家张逍磊也很诚恳地道歉，说不应该事先不打个招呼，他还问朱荑"生气了吧"，朱荑赶紧摇了摇头，怎么好意思说生气呢，明明是自己太自以为是了，别人的工作哪能像她一样，没戏演的时候就是睡醒了等饿，吃饱了等困，别人都是忙到连吃饭睡觉的时间都没有。想到这里，哪还有气愤和疑惑，只剩下懊悔和羞愧难当。

第一次分手，就这样有头没尾地过去了。

就像某次感冒没彻底治好，留下了一个动不动就咳嗽的病根儿似的，他们往后的每一次分手，好像都不明不白地就发生了。 朱荑思考过一个问题，我到底会谈恋爱吗？或者说是不是能够准确地理解对方的意思并且给出符合自己心意又没有被别人误会的回应。

她断定自己不想跟柯文有什么关系，她是挺欣赏他的，但绝对不是爱，连喜欢也算不上。什么是爱？这个问题太复杂，先放放。柯文似乎是自己有点儿意思，但是他也没有亲口说过。现如今搞得两人跟真的一样，主要还是因为人民群众不停地在起哄，再加上范妮妮不放过任何一个机会醋意横生，更坚定了那些原本不知道怎么回事的人的猜想。刚刚结束一段马拉松似的感情，朱荑现在就想一个人好好排练、演戏，根本不想恋爱，为什么结束一段就要再开始一段呢？而且排戏一定要单纯点儿，不要跟导演过多牵扯，否则以后就算演得好，也不会有人肯定你的能力；万一演不好，那便是开了后门。何必呢？若真想争点儿什么也就算了，明明就是躺平了，根本不想站中间的人，干吗给自己找不痛快？朱荑愣神的时候总想这些，内心非常丰富，外表却很平静。柯文跟翻译说："你看她，这就是天生的好演员，有距离感，神秘，因而有魅力。"

朱荑从小到大被很多男孩子追求过，因为漂亮。上幼儿园什么都不懂，六一儿童节演节目，老师们会一边给孩子们化妆一边闲聊天，他们总以为孩子们还小什么都不明白，所以会不加掩饰地说，你看这个小丫头，长得就是好看，这以后可不得了。朱萸回家就转述给爸妈，说："老师说了，我好看，以后不得了。妈妈，以后不得了是什么意思？"朱萸妈妈摸着她的头说："就是你要听话，别人都喜欢你的意思。"朱萸这会儿站在洗手间的镜子前，一边刷牙一边看着镜子里的自己。长相是父母给的，有点儿命中注定，初中毕业的时候，有个女生愤愤地跟她说过："朱萸你就像是被上帝亲吻过的宠儿，你的这些好，我争也是白搭，好在你不是个炫耀的人，不然我可忍不住要恨你。"

如果你所有的努力都被一个优渥的自然条件给掩盖住了，是不是也挺委屈？朱萸就有这种感觉。虽然学习一直没有好到出类拔萃，但是该上的辅导班该熬的夜，她也随大溜没拉下，最后考上表演系，是因为漂亮，可是唱歌跳舞这些基本技能也是从小就学的，压腿下腰没有哭到撕心裂肺，但疼到默默擦眼泪的噩梦至今还会浮现出来。所以，张道磊那天说出她为什么演得好的时候，她会那么激动，是因为她收到的大多数夸赞都没办法越过表面而深入内心。

喜欢一个人，到底会有多少原因？至今最打动她的，还是张逍磊那句"我们是一样的"。

她有点儿释然最近的流言蜚语了，不管别人怎么说，自己笃定就好，她不想跟柯文发展，无论出于什么目的。如果柯文有主动的表示，她一定会明确地拒绝，就算没有，她也会在今后的工作中表明态度，保持距离。朱荑一下子轻松了，她准备漱好口，再舒舒服服地贴个面膜，但拧开水管，发现停水了，随即，电也断了。剧院后勤发来消息，正在抢修。

顶着干发巾的朱荑只能又搬回她跟张逍磊的房子。张逍磊开门的时候，有种朱荑出差回来的错觉，他接过朱荑的箱子，不知道该嘘寒问暖还是立即离开。

"我就住几天，招待所水管爆了，好像又连了电，水电都停了，但应该很快就能修好的。"朱荑总是这样，面对张逍磊，一紧张就要缠手指头，关键是她搞不清楚自己为什么紧张！她怕他误会自己忍不住要回头，毕竟分手这么多次，她主动和好的次数远远超过张逍磊。

"没事儿，你要觉得不方便，我搬出去，主要是会所还没谈好，王强一直对价钱不满意，拖了几天。"张逍磊看出了朱荑的不自在，他肯定不能让朱荑觉得自己存在什么幻想。分不开，走不远，是这么多年的顽疾，无论如何都到了时间被彻底治愈的时候了。

"我没别的意思，我是说你想走就走，不想走就不走，不用因为我怎么样。"

这是此刻两人极其一致的想法。那么，好吧。

误会。

在两性关系里，如果没有误会，大抵爱情也就不存在了。一帆风顺的相处，是没有人会铭记在心的，换来的只能是生命尽头的感慨：原来陪伴才是最长情的告白。可这些不属于年轻人，因为年轻人还没老过。那么，年轻时的爱情是什么？是错过，是惋惜，是恍然大悟，是悔不当初……所以你看，这些让人铭记爱情的词汇，背后怎么能没有误会存在呢？

两人若是都担心着对方误会自己还心有所念，那是不是证明他们确实期盼着什么，至少还在意。

那晚之后，先是张逍磊给袁小桐发了个消息

表示感谢，袁小桐思来想去，回了一句，"不是朱荑删的你"。没头没尾的，他爱明白不明白吧。然后又接到了朱荑的电话，朱荑说："你昨晚怎么了为什么要给我打那么多电话，出什么事了吗？"袁小桐说："不是我，是张逍磊。"张逍磊怎么了？朱荑瞬间的紧张打断了袁小桐原本想跟她说的话，"别问我，我什么都不知道。"

卧室飘来熟悉的柠檬草香味，让朱荑在推门进来的那一瞬间，就像徒步的士兵终于到达了目的地，她顾不上换睡衣，仰在床上再也不想起来。她还有点儿犹豫要不要问问张逍磊前几天怎么了，是遇到了袁小桐吗？但是太累了，浑身酸疼，根本爬不起来。

一个巨大的溶洞，不停地滴滴答答落水，朱荑不知道怎么走进去的，脚底下好像也是水，特别冰冷，她努力加快脚步想走出去，但全是徒劳。冷风也开始穿梭，好像还有蝙蝠在她头顶飞过，忽闪着翅膀，更加凉飕飕，朱荑又害怕又冷，特别渴望这时候能见到阳光或者遇见一个火堆，哪怕是有杯热水也好。她努力地想反手把背上的书包拿下来找找带没带厚衣服,但是手被卡住了一样,怎么都摸不到背后,急得朱荑哭起来。

"朱荑!"张道磊盯着朱荑的卧室,听着里面传出的哭声,不停地拍着门大喊。像被梦魇住的朱荑终于听见了喊声,挣扎地坐起来,想要下床去开门,但头疼得让她不得不站在原地缓缓。

一声巨响,朱荑又被扑倒在床上,天旋地转。

张道磊叫门没有回应,他以为朱荑怎么了,直接撞门冲了进来,刚好撞在站在床边的朱荑,两人踉踉跄跄一起倒在了床上。

"压我头发了。"重新回到床上的那一刻,朱荑觉得就像是蹦极的人终于落地了一样,刚才的所有不适以及噩梦带来的恐惧都四散了,要不是因为头发被扯疼了,她很快就能睡去。

张道磊立即小心翼翼地撑起半个身体,一只手托着朱荑的头,一只手给她捋头发,"你发烧了?"张道磊把额头贴到朱荑的额头上确认,"烧这么高自己不知道吗?"

床铺几乎没动,朱荑还穿着进门的衣服,脸颊烧得通红。张道磊先蹲下给朱荑脱了鞋子和袜子,给朱荑盖好被子,自己又去把窗户关上,窗帘拉好，他拉开五斗柜的最后一格拿出药箱，给朱荑测了体温，已经烧到39度了。

"头疼吗？有没有鼻塞、咳嗽？是不是怕冷啊？有没有出汗？晚上不能开着窗户睡觉，我下班回来是想着给屋子通通风的，你怎么也不知道进门先关上窗户呢？"

有些陌生但又很熟悉。他们刚在一起的时候，张逍磊就是这样，时时刻刻像个哥哥一样照顾着朱荑，事无巨细。也许就是这种絮叨在家里消失的时候，他们之间的关系随之变淡了，**爱是忽然发生，但消失确实也是一点一滴积累的**。擦肩而过的遗憾顿时涌上心头，为什么大家都过得那么愚钝，在一切还可以变好的时候，我们却都没有努力。

朱荑睁不开眼睛，眼泪却顺着眼角一直流，吓坏了张逍磊。他手忙脚乱把药箱打翻到了地上，趴在床边焦急地问她，"还有哪里不舒服吗？我们去医院好不好？"

"你别急，我还好。可能晚上洗完头发没吹干就出门了，让风吹了一下。也有可能是下午排练场空调开得太低了。总之，你不要急，我睡会儿就好了。"

烧热水、冲药，扶着她把药喝下去，一遍一遍用温毛巾给她敷额头，张逍磊做这些的时候，朱萸终于踏实地睡过去了。

像是过去了一年一样，朱萸梦见了很多事情，小时候跟妈妈去外婆家的那条路，连路边的花都还是小时候的模样，还有暑假去舞蹈班上课，跟她一起压腿的那个小姑娘叫张耀西，因为老师夸奖朱萸漂亮，她气得把朱萸的舞蹈鞋藏了起来。上高中时的男朋友，那个打羽毛球的男生，高高帅帅的，数学极好，打着给朱萸辅导数学作业的旗号，在众人里脱颖而出，成了天天走在朱萸身边的"王子"……还有很多人、很多事，幸好都是快乐的，一场大梦醒来，朱萸觉得无论身体还是精神，都好多了，像是跑完一场马拉松似的，疲惫但内心愉悦。张逍磊还在厨房，给她熬好了米粥，做了早餐。用托盘端着，站在卧室门口，看见她醒了，松了口气，让她靠着别下床。

难道不结婚就不能继续这样的生活吗？朱萸在接过张逍磊递过来的托盘时，忍不住这样想。

"还难受吗？"张逍磊看朱荑没动，伸手摸她的额头。

朱荑摇摇头，她并不是想躲开，她只是不想让他看见自己对他的依恋，都说人在生病的时候毫无意志力可言，是一点儿没错。

看着她喝了粥，又端水喂了药，两人没再聊什么。**朱荑在想，如果能有一种关系，就是可以不被定义的，那该多好。不定义就不会有标准，没标准就没有要求，那么一个能在大晚上十一点多隔着房门听见你做梦哭泣的人，岂不是很值得珍惜。**他眼睛里布满红血丝，朱荑说："你没睡觉吗？"张逍磊说："睡了一会儿。"他嘱咐她别出门，就在家睡一天，锅里煲着粥，饿了可以喝，晚上回来再喝新的。

一段时间太拼命，攒着算总账，朱荑昏睡了一整天，这其间挣扎着去了两次洗手间，等她清醒过来的时候，天都黑了。

朱荑下床看到张逍磊还站在灶台前面忙活，"你没出门吗？"

"我早回来了一会儿。"张逍磊很认真地搅动着锅，是她最喜欢的滑蛋牛肉粥，还有烫生菜，朱荑从小吃得就清淡，他们在一起之后，原本无辣不欢的张逍磊学会了这些符合她口味的粤菜。

"味道怎么样？好久没做了有点儿生疏。"张逍磊扎着围裙，用木勺舀了一点儿送到朱荑嘴边，他等待评价的样子很可爱，特别像一只抬着爪子找路的大松鼠，只是这个场景很久没有出现在这间房子里了。

好吃，他做的什么向来都是好吃的。并不是敷衍，她发自内心地觉得张逍磊做的饭菜比自己家的做得都好吃。她有千言万语想说，但是磨磨叽叽的，也只是说了声谢谢。

"嗨，就算是室友，也不能袖手旁观吧。"张逍磊宽慰着朱荑。

口是心非是我们成长过程中最先学会的一项本领，并且随着时间的推移，使用得越来越熟练，熟练到会骗过自己。

彼此聊了点儿各自的工作，张逍磊知道柯文的存在，他生怕问多了会让朱荑误会自己是在打听什么，所以就淡淡的。朱荑看他淡淡的，自觉无趣，哪有分不掉的恋人，哪有经得住时间考验的爱情，连一句对不起都没有，在就要到达终点的地方，我们都会转身。好像《东京爱情故事》啊，张逍磊的最爱，两人刚在一起的时候，他就疯狂推荐给朱荑，嘲笑她没看过《东京爱情故事》怎么会懂得爱情。

爱情就是两人一起转身，一个人站住，等待另一个人回头吗？

他近在眼前，却感觉离得好远，他不再关心自己的一切，失落甚至是愤怒一股脑地涌上来，朱荑不得不承认，她还是爱他的呀！

室友，还爱着张逍磊的朱荑，退而求其次地接受了这样一种奇奇怪怪的关系。

怪不得没有求婚，不必负责任的关系对于男人来说是求之不得的。朱荑是这样想的。

幸亏没有求婚，她值得期待更好的人出现。张逍磊是这样想。

第二章

舞台上丢了女主角,生活里迎来新对手

咖啡机又好用了，之前总是自动跳到一个红色的屏显，朱萸搞不懂，索性拔了电源。张逍磊说是提示要清理水垢，清洗液就在咖啡机旁边的抽屉里。朱萸心想，我从来都不知道还有清理这个环节。咖啡豆子也换了新的，张逍磊说："这个是有时间期限的，超过两个月基本就没法儿喝了，你不觉得除了苦味没别的味道了吗？"朱萸说："机器都坏了我根本就没用过，我喝外面的咖啡都是一个味儿的。"原来欧包放在冷冻之前是要先切好片的，不然冻着是没有办法切片再烤的。还有钥匙，终于不用把自己逼成强迫症一样，每天检查钥匙了。

生活又回到了异常舒适的模式。她又开始晚起来，慢悠悠的，总是到了晚上该睡觉了，才后悔为什么这一天又是想做的事情一件都没做，等到真的问问她到底想做什么，也说不出来。

朱萸爸妈都是中医药大学毕业，妈妈是学药剂，爸爸是针灸推拿，现在老两口都还没有退休，一个在家乡的三甲医院药房，一个在私人诊所看诊。朱萸的名字也跟中药有关，有一味药就叫茱萸，橘红色的小果子，有温中、止痛、理气等功效。早在东汉，就有头插茱萸、饮菊花酒登高的习俗，所有才有那首"遥知兄弟登高处，遍插茱萸少一人"的诗。朱萸妈妈说："这红色的小果子多好，模样乖巧，能力还大，关键是并不高傲，如果小姑娘有了这几个品质，岂不是人人都喜欢。"父母对她的教育也比较温和，她又听话，成长过程中都没有怎么挨过骂，挨打是更没有。做所有的事情，一家三口都不急不躁。从幼儿园开始，别的父母催孩子快点儿、快点儿的时候，朱萸每天听的都是不急不急，慢慢来。

长大后，尤其在上海这种如此快节奏的城市里，朱萸慢得尤其扎眼。

睡到窗外照进来第一缕阳光时起床，拉开窗帘，连带着院子里青草的味道还有阳台上的花香，一股脑全进来。朱萸奇怪，她一个人住的那几天，也并不邋遢，每天都挤出些时间收拾屋子，但就是感觉和现在不一样，具体的，也说不出。

招待所的水管修好好几天了，柯文还特意让翻译跟朱萸讲了一声，朱萸礼貌地回了句谢谢，也再没往下接茬。要说睡得好,哪里能比得过自己的家呢。

工作坊接近尾声,大家的角色在训练中基本也都心知肚明,除了范妮妮和朱萸看上去是重叠的,必须得二选一,其他几乎没有悬念。有两个热心的前辈,拉着朱萸谈心,告诉她不要这么被动,进剧团也已经好几年了,要懂得争取,这种戏往往就是那种不鸣则已一鸣惊人的,很有可能一演出就爆红了。国际合作交流项目,舆论宣传非常好做,参加几个国际戏剧节,说不定就拿奖了,那时候再回国内巡演,绝对名利双收,职称的问题就迎刃而解了。虽说没有小角色只有小演员,但哪有愿意跑一辈子龙套的?这个舞台都争不过别人,以后怎么破圈演影视剧?不演影视剧就凭这点儿演出费,猴年马月能买房子置地?天天这么悠悠晃晃,青春很快就晃没了,再过两年找到你的角色就只能演妈了,就说尴尬不尴尬!

朱萸觉得前辈们说得挺对的,从她进剧院的第二年就开始有人给她讲这套理论,认同但并不能激励她做什么改变。父母辈特别在意的那些职称之类,朱萸没什么感觉,也许是因为曾经大家的收入主要依靠工资，所以跟工资挂钩的职称就会显得尤其重要。可是对朱萸这代人来说，大家的主要收入都跟工资没什么关系，职称高低无非是一种死板的社会认同，对于一个可以从观众反馈和市场中证明自己实力的演员来说，职称是有些鸡肋的。若说为了物质，那就更没动力了，她不喜欢那种奢侈的生活，也不喜欢繁忙的应酬，她巴不得没人记得她，只是演演戏拿点儿酬劳，足够养活自己。所以，**前辈们罗列出来的"诱惑"实在是无法鞭策到她，最重要的是，她自己也想不出来到底有什么是能够激励到她的。**

做好想做的事情，已经是她对于生活给出的最大尊重了。

柯文很不情愿地宣布了角色分配，范妮妮是女主角，朱萸是B组女主角，这是安慰奖，范妮妮的性格，除非要被抢救，否则是不会让出舞台给B组的。大家都在惋惜，朱萸还好，她习惯了。柯文几次把目光留在她身上，想要跟她说话，但她都装作没注意躲开了。朱萸觉得没什么好说的，无非就是他也没办法，只能这样了之类的客套话，对大家都没什么意义。倒是范妮妮的直言不讳让朱荑哭笑不得。

"你争不过我的，你太懒了。不过，能扛到这会儿，倒也是小瞧你了。"范妮妮在排练结束后，特意等着朱荑跟她说。

"没想和你争。"朱荑也不掩饰自己的真实想法。

"我就讨厌你这样，人畜无害的样子，说的做的都是不争不争，不争怎么还能让我费这么大劲儿！你这人又自我又虚伪。"

没人这样说过朱荑，她一直被夸奖，跟所有人保持着一定距离，没有那么多好朋友，都是她自己的选择，因为她喜欢安静，难道不是吗？难道是范妮妮说的那样，是她很讨厌、虚伪又自我吗？朱荑不想再跟她纠缠，只是说了句随你怎么想吧。

炫耀，否则为什么不撸起袖子来干一场，明明处在竞争的旋涡里，为什么总举着免战牌？范妮妮看着朱荑不动声色，越想越生气，她恨不得伸手把朱荑衣服都扯下来，她总觉得朱荑戴着面具，全身都是面具。

"老子看不惯。有本事就继续跟我硬刚。"

"我没本事。"朱萸顺口就回复了她，转身走了。

范妮妮踩着高跟鞋直跺脚，一个武汉妹子，火辣辣的，遇上朱萸，像是中药里的十八反，都是好药，但放一块儿不行。

会所的诚意买家终于出现了。张道磊一个人撑了这么多天，员工都已经走得差不多了，还有人三五不时会来讨一下薪水，除了安慰说早晚会给，其他的承诺连他自己说的都不太自信。王强是在一个叫谢晴的买家出现之后，才浮出水面的，表面看不出任何不一样，还开着他的大奔驰，还是来去匆忙有很多事情要处理的样子。

谢晴已经来过几次了，这次是约了王强要谈转让细节，张道磊自然是要陪着善始善终。买家问了很多细节，王强是说不上来的，多亏了张道磊，可以看出谢晴很满意，好像也不缺钱。准老板按惯例跟最终坐下来谈判的几个人做战前动员，大意就是会所还是之前的经营范围，但是会注入新鲜的血液，其中当然也包括更大的投资，希望所有人能够有充足的干劲儿，开拓市场，几年内做到业内领先，几年内能够占比国内市场多少多少，蓝图十分清晰，光听听的话会觉得这么干下去很快就能去纳斯达克上市了。

规划说好，接下来就是给干活儿的人打预防针了，"为了我们共同的目标和未来，大家要做好吃苦的准备，往后加班加点的日子不会少，但我会陪着，绝不会做一个甩手掌柜。"话音刚落，王强先起立鼓掌，剩下的几个老员工也都举手呼应，只有张逍磊，微微笑了一下，表情非常中性，看不出什么潜台词。谢晴看见了，她马上就问他："你不相信吗，张总？"张逍磊说："没有啊，我当然相信了。"王强脸色很难看，他生怕张逍磊出什么幺蛾子，把他到手的生意搅黄了，给张逍磊各种使眼色。谢晴也没有罢休，她追说："张总既然相信我，那为什么一副事不关己的表情呢？""跟我是没有关系啊，我要去贺兰山种葡萄了，以后说不定能做你们的上游供货商，以后还请谢董多多支持国产葡萄酒。"

"张逍磊你什么意思？"王强等不及送走谢晴，说要出门抽支烟把张逍磊拉出来问。"我没有意思啊，是你先说不干了，我当然要给自己找出路，这有什么不能理解的？""行，你真行。"

王强一脚油门绝尘而去，万万没想到好不容易等来的接盘侠就这么让张逍磊给送走了，搅黄了买卖对你有什么好？他想想自己刚才问出的这句话，也很不妥，明明就是自己先把别人的后路给断了，事到如今，买卖成不成对张逍磊来说确实没有区别，说一千道一万是自己草率了，运气太差在低谷爬不出来。

男人和女人对生意的理解不一样，谢晴对王强感觉一般，他不掩饰的急吼吼的卖相让她在心里打了折扣，若不是手头的几个项目对比下来都还不如这个成熟，她是不会继续考虑的。但是这一趟也有点儿收获，她还没见过因为喜欢葡萄酒而去种葡萄的人，而且还是要离开上海去贺兰山，她觉得这人有意思。等张逍磊回到会议室，谢晴开门见山地说，"你若留下，我会给你很好的条件，股份合约我们可以重新签订，你不考虑一下吗？"张逍磊又笑了。谢晴有些生气了，说："你笑什么，觉得我说的这一切都是瞎扯吗？"张逍磊说："你可千万别误会，我不是那个意思。我这人你不了解，我天生不吃这一套，我从来不会因为老板给我画饼而努力工作，我只对我自己负责，所以干好干不好，我都不埋怨别人。""有意思，那你会为了什么而努力？""很简单啊，为了喜欢，为了值得，都可以让我拼命。"

谢晴比王强高级多了。她散出网去，花了几天的时间查到了张逍磊的底细。能舍得在上升期从十大投行辞职的人，还没有什么家庭背景，那一定是有点儿东西。她甚至还特意约了一次王强，王强以为她要谈价砍价重谈条件，谢晴说："不瞒你，这点儿钱我真不介意，我只有一个要求，会所必须带着张逍磊一起转给我，只要他愿意，条件你重新开都可以。"

魅力这种看不见摸不着的东西真是太奇妙，那年张逍磊第一次把朱荑带出来跟他们吃饭，王强就感慨过，张逍磊虽说人也不错，但比他好的男人可多了去了，为什么人间极品一样的朱荑会看上他。如今又是，卧龙凤雏一样的谢晴怎么也会开出非张逍磊不要的条件。这世道，说不清楚的事情真是太多了。

虽然那天不欢而散,但看在钱的份儿上,王强还是立即定了最好的餐厅请张逍磊吃饭。

"你权当救救我,看在咱们俩合作这么多年的份上。"王强也不顾上了客套寒暄,坐下之后连续干了三杯,然后就是挖心掏肝地疯狂输出。什么他得套现走了,老婆孩子都在加拿大,什么国内的生意都赔得不剩啥了之类,所以必须得卖了这个会所,好歹得能撑到孩子在那边读大学。现在这种情况,再等一个能出到这个价位的人真是不知道猴年马月了。兄弟,救人一命胜造七级浮屠。

人,说到底都是自私自利的,触及自己的利益时,总能看到这种豁命豁脸的壮举。眼前这个老王,跟几年前那个随便大手一挥就上千万投入的老王,完全不是一回事了。英雄气短也好,三十年河东三十年河西也罢,张逍磊是怎么也想不到有一天王强会这样地来求他。平心而论,合作这些年,王强还算是个好老板,该放手的事情不过问,该拿的钱在他还有的时候也并不抠门。仅仅是在转让会所的这个事上,王强起初摆出来的那种"各回各家、各找各妈"的态度,让原本死心塌跟着他的张逍磊有些心寒。大难临头各自飞这句话,在刚过去的这个月里,张逍磊领会得特别深刻。他那时候已经能预感到,如果会所转让出去,对方不再继续聘用他,王强是一定会赖掉他的股份的。还好,老天爷没扔出这块儿试金石,他们俩的关系也不必走到那一步。

"行。"张逍磊脱口而出。

王强脸上露出难以描摹的表情,他准备了很多话还没说呢,有推心置腹的,有感人至深的。以至于张逍磊说出这个字的时候,王强愣了好半天。

"为什么,不是说要去贺兰山种葡萄吗?"张逍磊说:"怎么着,你觉得我还是应该去种葡萄?""那不是那不是,我太感谢,我太激动,我太意外了……"王强语无伦次,拿起酒杯又干了,一杯接一杯地干,张逍磊拦都拦不住。虽然他是做红酒生意的,但遇到重要事情的时候必须上茅台,这是王强第一次带张逍磊出去应酬的时候告诉他的。今晚,王强拿了两瓶2020年的茅台。张逍磊不喜欢白酒,太浓烈了,一剑封喉,动不动干杯就像要上战场似的。

王强醉得不省人事，他说了好多话，做生意的不容易，人外有人天外有天，小商人渺小，还有曾经因为钱的富足而认为的无所不能。酒后的真言，确实把两人之间的隔阂都磨平了，张逍磊一个人费了九牛二虎之力送王强回家的时候，已经全无一点儿埋怨。自私和自我，到底有没有区别，王强还清醒的时候，跟张逍磊一再强调："我不是自私，我只是没有牺牲自己，无私奉献而已，我并没有损人利己。我在你面前不自我的话，在老婆孩子那里就是彻头彻尾的自私浑蛋了。张逍磊你比我牛，你不自我，你大度，你为了我不去种葡萄，我到死都感激你。"

为什么又变卦了？当然不是因为同情王强，是因为朱荑。他自己也不想承认，但是自从朱荑又搬回来，两人重新住在一起后，他真的很难下决心离开，他一想到往后就要和朱荑天各一方，以后朱荑会成为别人的妻子，会跟另外一个男人牵着手买可颂，会被一个小女孩或者小男孩叫妈妈，可是那孩子却跟他没有关系……想到这些，张逍磊就觉得害怕，他才知道嘴上说了这么多年的"祝你幸福"

都是有潜台词的，都是希望朱荑永远不要离开。张道磊甚至想，若是她愿意，我们就这样做"室友"也行。

演出进入倒计时，朱荑总躲着柯文，躲到有一天柯文把她堵在了化妆间。A组化好妆准备联排了，朱荑一个人不想进剧场，趴在化妆台上戴着耳机听歌。柯文在她身后拍了她一下，朱荑抬头在镜子里看到柯文，赶紧站起来说"抱歉"，就像是逃学被老师抓了正着一样。柯文说："你为什么道歉，你做错了什么吗？"朱荑说："我一会儿就到剧场看排练，昨晚没睡好。"柯文摇摇头，"我以为你会为你的退出而道歉。"退出？朱荑一头雾水，她不明白柯文在说些什么。"一直以来我都想问你，为什么总是往后退？为什么不能站在台中间和别人竞争一个机会？范妮妮很直接，是我觉得她更像麦克白夫人的。我为自己没有得到最想要的女演员去演我精心准备的角色，而感到遗憾。"

原来，是自己狭隘了，不择手段并不是特指走旁门左道，擂台上的你死我活也同样需要付出勇气的。朱荑那天很低落，她一直说自己只做自己喜欢的事情，难道出演一个喜欢的角色不值得站到擂台上吗，还是她怕输。

所谓转机，大概一定要等到走投无路才会出现，之前跌得有多重，之后弹得就可能有多高。谢晴并不知道张逍磊已经改变了主意，她在接手之前，先飞了一趟法国，她是拿着法国三个联合酒庄的协议书再次去会所的，既然张逍磊说不接受老板画大饼式的激励，那就按他的方式，给他看实质的工作内容和留给他的创作空间。这一招，确实很打动张逍磊，就算当时拒绝了王强，恐怕这次也会被谢晴留下的。顺水人情，各领各的，正好。

会所眼看着要起死回生了，很难说全是因为钱，张逍磊觉得关于运气的说法是不能不信的，一个人倒霉的时候，干什么都不会顺。想必当时王强散发出的气场，明显有些衰颓，引来的全是墙倒众人推。而谢晴意气风发的气势，把那些墙头草又吸引过来了。张逍磊忽然忙了起来。

都说女人干得好不如嫁得好。若是一个人嫁得又好，干得也好，那么只能证明这个人优秀异常。

谢晴真的是很利害,老公生意那么大那么有钱,还自己出来做事,投会所的钱也不是她老公的。一段时间的接触之后,张逍磊发自内心地佩服这个新的投资人。

张逍磊是这个城市中最尴尬的一群人,这种定义是他自己下的。因为上够不到边,别说谢晴,就连王强也不是跟他一个层段的。他形容各种人的生活,就好比一栋大楼,地下的部分很大很深,这里也是莺歌燕舞、忙忙碌碌,一群普通人在努力生活,每日被激励着,只要"卷"不死就往死里"卷",为了从负二十层能爬到负二层,过相对安逸的生活,还能让他们分一些怜悯心给终日忙碌在负三十层的人,这群人占了绝大多数。很少一部分人是住在地面以上的,这群人里也分三六九等,住一层的大概永远也没有机会上到十八层,住十八层的也还是会羡慕住三十五层的。这群人有很默契的约定,就是根本不会给地下室的人看到天空的机会,而地下室的人,则怎么也想象不到他们的世界和自己的世界根本就不是一个世界。张逍磊呢,为什么尴尬?因为他属于那群住在地下而给地上的人提供服务的人。他既知道天是什么颜色，又得继续忍受暗淡的生活。

"祝贺你，走出困境！"朱蕤举着酒杯，笑靥如花地看着张逍磊。这是他们各自的生活又朝向美好之后，两人第一次坐下来，在老洋房里，吃着张逍磊下厨、朱蕤在旁边打下手的晚饭。

"谢谢！宝贝，等会所把B级市场和网络销售也做起来，我们……"张逍磊可能是出于惯性，以往遇到开心的事，都是要在第一时间跟朱蕤分享，然后两个人一起畅想美好的未来。他会给她描绘一幅非常清晰的图画，那上面有房子，有车，有他俩和孩子。是惯性，张逍磊踩了刹车。现在他们是室友，对室友的称呼至少不能是宝贝，他事业上好不好也应该不必让室友有所期待。

"我们明天首演，你要不要请新老板去看？我有两张工作票，可珍贵了。"朱蕤就当作什么都没听见，重新找了一个话题。关于未来，两人暂时还是各自规划吧，免得放在一起又搞不清楚为什么无法合而为一。

朱蕤点头笑着，张逍磊也笑，然后两人认认真真地夹菜、喝酒，笑到彼此内心都很疑惑，是什么支撑我们如此投入地表演开心。

《麦克白》是莎士比亚四大悲剧之一,古今中外被排演了无数次,什么版本都有,欲望是一个永恒的话题。柯文这一版,突出了麦克白夫人,弱化了麦克白本人,舞美设计是极具北欧特色的后现代工业风,整个舞台都像是一个经久失修的剧院,裸露的钢筋、被砸了的混凝土、残缺的楼梯等,连灯光也都深陷在这片废墟中,这一切预示了麦克白夫人更加勇敢和赤裸裸的欲望。不得不说,范妮妮其实很得心应手。坐在观众席第一次看全剧的朱萸,跟所有的观众一样,发自内心地觉得这个女演员演得真好。自己跟她比差在哪里呢?朱萸好像第一次这样想问题,为了某一件事,把自己和别人放在天平上称一称。怎么会有这样的想法,朱萸暗暗嘲笑了自己。她想好好看戏,又盯住了坐在正前方的张逍磊和谢晴,他们看得很投入,完全被舞台上的一切吸引着。谢晴的背影散发着强烈的女人味儿,跟她想象中的不一样,她还以为谢晴是董明珠那样的女强人。

谢晴特意等在剧院门口要当面谢谢朱萸请她看

了一出这么好看的戏。

朱萸礼貌地道了不客气，"如果您喜欢看戏，以后再有戏的话还给您留票。"谢晴说："那哪好意思，下次我要花钱买票的，要支持艺术家们。"

一张二百块钱的票对人家来说算什么呢，又不是当年读书时候的自己，谁要是送张好看的戏票，那自然是要真心感谢人家一番。不是同一个阶层的人，不能用同一种处事方法来跟人家相处。朱萸站在那里有些尴尬，她微微上扬的嘴角，无处安放的大眼睛，还有又缠在一起的手指，张逍磊都看在眼里。他适时地说，"要不然你先去忙？"

"对，我要去忙了。"朱萸赶紧摇着手跟他们说了再见，转身往剧院里面走。可是她忙什么，她根本就没有上场，既不用卸妆，也不用收拾自己的行头，她回去干什么呢？是不是张逍磊帮我打个圆场，然后他们道别之后他会在剧院门口等我？朱萸想到这里又走回到剧院的大门口，但散场的人群里已经没有她熟悉的身影了。

朱萸走后，张逍磊是想跟谢晴道别之后再等朱萸一起回家的。可是谢晴说："要不要一起走走，听说这附近有好几家不错的酒吧,不如我们顺便考察一下市场。"

"好啊,来自老板的邀请怎么好拒绝呢。"

他们肩并肩离开了剧院,走在极致浪漫的法桐树下,走在夜色撩人的四月春风里,走在即将上演的纵情声色里。在没有一点点缝隙的相处里,张逍磊都没找到一个合适的理由拿出手机跟朱荑说声,"我晚点儿回去"。

眼睁睁地看着别人在享受掌声,自己还不能退避三舍,朱荑在轰然散尽的剧场里,认认真真地哭了一场。她当然喜欢自己挑的这个角色,付出了那么多肯定是想得到回报的,她不是范妮妮说的懒人。她只是不明白,为什么大家不能好好地为了艺术、为了角色,单纯地创作,别打压别人,别摆出一副狗撕猫咬的状态,好好地你演你的我演我的不行吗?都是成年人,为什么要像小孩子争糖果一样?

剧场打扫卫生的阿姨还以为没人了,听见座椅间有声响,吓得大喊"是谁",朱荑赶忙抬起头,站起身来,说:"阿姨你别怕,是我。"阿姨站定看清楚，长舒一口气，"姑娘啊，这么晚了为什么不回家呀！"

回家，为什么不回家呢？朱萸自己也想不明白，返回剧院门口没看见张逍磊的时候，那失望迎面而来，她忽然就很想证明自己的存在，就很想在这天晚上收到张逍磊的电话或者微信，就想让他问问自己，为什么还没回家。但是，快十一点了，手机安安静静。张逍磊干什么去了？是跟他的女老板一起走的吗？可笑，为什么要这样想，张逍磊只是她的室友。室友为什么要问你什么时候回家，室友为什么要关心别人此刻和谁在干嘛。

低落地想要把今晚按一下快进，但人生又不是电影，充满未知的生活怎么会让你为所欲为。朱萸哪里也没去，谁也没找，一个人回到了老洋房。洗漱，护肤，打开香薰点上精油，找一个自己喜欢的音乐定好时间，关灯、睡觉。翻来覆去，张逍磊一直没回来。

定时的音乐播完了，她又黑着灯按了继续播放，在心里估算着时间，应该已经快一点钟了吧。朱萸想起来有一次分手就是因为张逍磊快要天亮才回家，也没有消息，朱荑就干等了他一夜。她很生气，因为她从小到大的记忆里，爸爸从来没有夜不归宿过，出差也是提前说好几天，回家前都会给妈妈说时间。她不理解有什么工作是需要忙到不能回家睡觉的，而且连打个招呼的时间都没有。何况是张逍磊，他可是比朱荑还有个性，还不会被鸡血打动的人。所以，他到底去哪里了？

他们每次分手都没有大吵大闹，张逍磊看朱荑不高兴，就很平常地问她怎么了，她也很平常地说没怎么，然后就是几天不说话。朱荑想：这么简单的事还要我说清楚吗？你是个大人了，难道会不明白这种小事的对错吗？你平时在评价我生活里的对错的时候都很清晰啊，怎么会不知道自己夜不归宿是不对的呢？张逍磊也很生气，他内心说了一万遍：我难道不想回家睡觉吗，我难道很想去跟那些甲方的爹们一起吃完饭喝酒，喝完酒蹦迪，蹦完迪唱歌，还有些不可描述的勾当，还要等着给他们买单付钱。若不是为了生意，谁愿意做？生意是自己选的，是自己看好的，是断定今后能够给我们俩提供好的生活的，所以当然要拼命，这么简单的事难道你不懂吗？朱荑你不是天天分析人物、观察生活，我这样的人和这样的生活有什么不好分析的吗？

就怕两个人什么都不说，但是内心已经说过了千言万语，那次分手就是朱萸简单地收拾了东西说，"既然你这么忙，我们就分开一段时间吧。"张道磊停了两秒钟说，"好吧，你一定会找到自己的幸福的，从今天开始，我们都加油。"分手总是刻骨铭心的，无论有多少次，离开的那一刻以及接下来的那段时间，多多少少都会有一些难以忘记的瞬间。而和好就不一样，次数多了，朱萸都想不起具体哪一次是因为什么事儿，总归都是先联系了一下，然后就联系得多了，大家就都觉得当时很生气的那件事此刻已经过去了，这么一段时间已经不生气了，再加上另一个人在过去了这些日子之后，总归也会再解释一下当时的具体情况。可是时过境迁就是不一样的，你再听解释时，多半都会站在对方的角度，所以很容易就自我反省了，一下子会觉得都是自己的不对，然后道歉来得特别诚恳，双方都是，这样一来，和好就顺理成章了。

想到这里，朱萸竟然不知不觉地睡着了。她错过了张逍磊刚跟谢晴分开之后就立即给她发来的那个消息：我马上就到家了，已经打到车了。张逍磊原本充满愧疚地给她道歉，但没有收到回复，他以为朱萸又生气了，进屋前想着一定要给朱萸解释清楚，结果进门才意识到，朱萸早就睡熟了。张逍磊坐在客厅的沙发床上，狠狠地嘲笑了自己，怎么还会需要解释，跟一个很快就会开始新生活的室友，哪有必要解释自己为何晚回家。他也很失落，连脸都没洗穿着衣服就睡了。

朱萸每天都要去剧场待命，而且范妮妮很会折磨人，动不动就在上午的时候丢个消息在群里，说自己昨晚演出累倒了，现在嗓子疼，不知道能不能继续坚持，然后还要提醒一下朱萸，说辛苦你了亲爱的，说不定今晚就要帮我顶一下了，真是好抱歉。制作人就会继续提醒朱萸说辛苦早点儿来剧场吧，咱们再熟悉熟悉舞台。朱萸就不得不从床上爬起来，重新回到让她疲惫不堪的现实。群里的每一个人都明白，最多到下午三点，范妮妮一定会说"我好了，睡一觉居然这么好用。猪猪啊，你可以回家休息了，开心吧？我这辛苦命……"还要再接一个没有办法的表情。朱荑已经被这种操作涮了四五次了，她奇怪怎么会有范妮妮这种人，根本不掩饰地发坏呢。

晚上七点半，戏一开场，朱荑就下班了。她漫无目地溜达回家，张逍磊最近一直在加班，早出晚归，自从首演那天他很晚回家之后，这几天两人都没正式地见过面，总是朱荑还没起床，张逍磊已经去上班了，朱荑已经睡了，张逍磊才到家。他们都会很自觉地买两份早餐，彼此都会以早餐的数量来判断对方有没有在家待过。

时间会疗愈一切，过去分手那么多次，总会在十天半个月之后就和好了，这次已经过去了一个月，新的生活终于到来了吧。

相比起感情，朱荑觉得范妮妮带给她事业上的创伤，似乎更难以抚平。第一轮演出马上进入尾声了，这个戏反响出乎意料的好，制作人拿到的演出邀请来自世界各地，剧院也马上跟柯文团队续了合同，别的不说，欧洲的几个戏剧节是一定要排上日程了。执行制作是个刚毕业的小朋友，很多事情没有经验，领导让她收集演出人员个人信息以备后续排巡演计划和参赛日程的时候，小朋友居然当着朱荑的面问了一句，朱老师还用去吗？

肯定又有很多人议论吧，说朱荑不知好歹，目光短浅，不肯被导演潜规则所以被换，为了跟导演恋爱和未婚夫分手结果被范妮妮截和……，等等吧。有人的地方就是这么是非，真是受够了，若不是因为喜欢舞台喜欢戏，去一个有山有水没有人乡下生活不挺好的吗？朱荑这些天动不动就这么想。

难得的一个周六，两人居然同时都在家。室友张逍磊邀请朱荑搭伙去趟超市，采购下一周的食材，然后一起做顿丰盛的晚餐欢度周末。

"你遇到过那种特别欺负人的人吗？就是摆明了欺负你都不觉得不好意思的那种。"朱荑跟在推着购物车的张逍磊身后，她太憋闷了，没人可说，除了张逍磊。

"范妮妮？她又怎么你了？"张逍磊边挑东西边问。

"你怎么知道是她？"朱荑觉得太不可思议了，为什么每天都见不着人的张逍磊会对她的近况如此了解。"因为她找过我啊。"对呀，确实是她把张逍磊的微信推给了范妮妮。"她是找你买红酒吗？""买什么红酒，她找我当然是说你的坏话了。""说什么？她说什么了？"朱萸气得站在货架前直跺脚。张逍磊认真挑着东西也不看她，说："反正我又不会相信，你管她说了什么。她怎么欺负你了，说说吧。"

朱萸就一五一十地把从建组开始，范妮妮给她穿的那些小鞋儿，一双一双地全摆了出来给张逍磊看。张逍磊几次被她气鼓鼓的样子逗笑，朱萸讲得脸都红了，特别有代入感，讲到范妮妮造谣她半夜装醉跑到导演屋里睡觉的时候，说到气急连路都不走了，就站在原地表演当时是个什么情况，引得陌生人都往他们这边看，张逍磊不得不过去拽她停下来，像捋一只受了惊吓的猫似的，再好言安慰她。"你换个思路，范妮妮这种人其实不可怕，她怎么想的就怎么做，表里如一，连害你都先告诉你一声，你不觉得她挺好的吗？"

朱萸一脸惊讶："好？疯了的人才会觉得她好吧！"

"真的，更可怕的人是那种，当着你的面和你是朋友，背后给你捅刀子，然后你死了都不知道是咋回事。你想想看，范妮妮和那种人比起来是不是好多了？"

朱萸嘴上说的是我还没遇到过那种人呢，范妮妮已经是极致了。但心里想的是，为什么刚才还很生气，被张道磊这么几句就劝好了。这就是她喜欢张道磊的地方，他总能在她特别难过或者不知道该怎么办的时候，四两拨千斤一样给她答案，然后心中的不快或者是那个难题随即烟消云散。

做晚饭的时候，张道磊掌勺，朱萸给他系围裙、递东西。有好几个瞬间，朱萸看着专心致志的张道磊，心底就泛起犹疑：我是不是还爱他？但她不能多想，比起彻底消失和继续吵架，她更喜欢现在这种"特殊平衡"。

张道磊特意选了一瓶白葡萄酒，因为晚餐大多数都是海鲜，他喊朱萸去冰箱里拿冰块儿倒进冰桶里，自己去开音乐。什么关系都无所谓，什么形势也不重要，反正陪着她，看她开心就挺好，如果哪天别人也可以让她这样开心，那自己就躲开。张道磊心里想着，点开随机歌单，音响里传出李荣浩的歌《年少有为》。

两人举杯，"为了愉快的周末，干杯！"张逍磊说。"为了瞬间变好的心情，干杯！"茱萸说。酒好甜，明明是干白，还这么甜。

如果没有电话进来，那这个夜晚一定是朱萸生日之后，最幸福的夜晚。

张逍磊接起电话的时候，老板谢晴已经把车停到了他家楼下等着了。张逍磊放下酒杯，换了件衣服就赶紧出门，来不及跟朱萸嘱咐一下吃不了的这些海鲜到底该怎么处置。

朱萸站在阳台上，看着谢晴风情万种地站在车边，张逍磊走过去之后，他们说了两句，谢晴走到了副驾驶的位置坐进去，然后张逍磊就把车子开走了。朱萸回到屋子，看着还没动筷子的一桌子菜，一阵烦恼涌上心头，比范妮妮欺负她更让她难受。是吃醋吧？朱萸心里问着自己。自从她跟张逍磊确定恋爱关系，从来没有一个女生坐过张逍磊车的副驾驶座，那个位置是她的专属，但应该说是曾经。现在，谁坐不都是一样的，因为她也不再是他的谁了，就连刚才张逍磊接电话，都没有半点儿犹豫或者至少看她一眼打个招呼，直接就同意说马上下楼。"所以，我到底在气谁？"朱荑自言自语。这很关键，是气张逍磊真的不在意她了，还是气谢晴抢了原本属于她的男人？朱荑一时半会儿理不清楚，她觉得无论是哪一种，自己都有些讨厌。作为室友，她难道不应该快乐地说："谢谢你把这么多好吃的都留给我自己吃！"

又一次失眠，以前她从未感觉过别人说的那种辗转反侧，没想到短短几天，她又一次在深夜里眼睛盯着天花板，耳朵盯着大门。外面越来越安静，她甚至在听着楼下马路并不多的过往车辆，是不是有一辆在她门口减速停下的。上一次不明确，她并不知道张逍磊到底干什么去了，但这次很清楚，他就是被女老板谢晴喊走了。这么晚了，又是周末，有什么工作是一定要在这个时候完成的？她不愿意承认，她在等张逍磊回家，并且在控制不住地联想，他们到底在做什么。

门锁终于响了，朱荑一骨碌从床上跳了下来，要开门的一瞬间，她意识到自己这样不好，于是装作起夜的样子，故意慢悠悠地打开了门。

"我吵醒你了？"张逍磊蹑手蹑脚的，像是被抓包了一样，定在门口不敢动。

"啊，没有啊，我水喝多了上厕所。"朱荑装作没事的样子往洗手间走。她故意在里面又磨蹭了一会儿，出来的时候，张逍磊已经换了家居服，准备洗漱。

朱荑悄悄地观察着张逍磊，看他的神情是不是疲惫，有没有喝酒。她甚至在从他身边走过的时候，刻意地深吸气，嗅他身上有没有她不认识的味道。

所幸，都没有。

一块石头落地，但并没有虚惊一场的喜悦。**关系不被定义，就像高速上不系安全带，没有危险的时候看不出它的重要性**，可一旦有个急刹车出现，有没有安全带的区别可大了。朱荑还是第一次受到这样的挑战，如何跟一个女人抢角色她还没研究明白呢，这下子又有可能会有一个优秀的女人跟她抢男人。

"你在想什么？"张逍磊喊醒了坐在餐桌旁

愣神儿的朱蕙。"没什么，一些杞人忧天的事情罢了。""那就过好当下，别管那些还没发生的事情。我们要不要补一下昨天晚上被打断的大餐，毕竟你啥都没吃，剩了好多。"朱蕙很想说行，但是她正在跟柯文聊微信，柯文很恳切地在邀请她晚上一起晚餐。

柯文后天要离开了，他无论如何都要约朱蕙见一面，上一次朱蕙以没休息好为借口拒绝了，这次不知道再找什么理由，而且柯文还在问她是不是因为上次她的那些话让她不开心了，朱蕙就更不知道怎么说了，再拒绝的话好像真的很小心眼儿。张道磊看出了她的犹豫，问她是有什么事吗，朱蕙轻描淡写地说："导演说请吃晚饭。"

"那去啊，犹豫什么呢，于公于私都该去，尽尽地主之谊，再联络一下感情，以后说不定还有合作机会，你不是说他很有才华嘛。"

原来他这么希望我去跟别的男人约会啊，就像两个关系很不错的朋友，好像对方不谈恋爱，你也不好意思谈一样，把她打发出去，你也好开始了，朱蕙心想。"好吧，柯文，你下午来接我吧，地址分享给你了。"

张逍磊就站在昨晚朱荑站着看他跟谢晴的那个位置，看着朱荑跑到柯文身边。这个德国男人身材很好，男模一样，长相很德国，高耸的鼻梁显得人冷峻，但是他看着朱荑的表情很温暖。不知道他们在聊什么，朱荑轻盈地点着头，看上去很开心，然后两人一起走出小院子。

让他有些难过的并不是朱荑跟另外一个男人出去，而是他看到了她的喜悦和轻松，像极了他们刚在一起时她的模样。最近，这个刚过去的春天，或者是这一年，或者更久一些，张逍磊才意识到，他已经记不得上次这么认真地观察朱荑是否开心是什么时候了。明明还是很喜欢她，很在意她的一举一动，为什么宁愿推开她也不愿意求婚？有些问题就是这样，像剥洋葱一样，以为会越来越清晰，但总会因为辣眼睛而不得不停下手，抹一把流下的眼泪，那直接会让人哭得睁不开眼。

晚餐在江边的一家西班牙餐厅，红黑色的主题，配合着光影流转，荷尔蒙充满了整个空间，朱荑还没喝酒就觉得快要醉了。柯文很绅士地感谢了朱荑对他工作的支持，又一次解释了角色分配的原因，朱荑根本不想听，她好不容易忘记了。柯文很坦诚地说："我觉得你不适合这里，因为这里竞争太激烈了，和你一样优秀、努力的人，比你的欲望更强烈，你大概是争不过他们的，比如范妮妮。怕输并没什么不好意思的，谁会一直勇敢呢？我觉得这也没什么，没有人说一定得有比较才能活得下去。"

朱荑一直在躲的事实，被柯文像个傻小子似的不遮不掩地全说出来了。她端起面前的红酒一饮而尽，让酒精麻痹自己，不想再思考刚才讨论的那个话题。

柯文是真的很喜欢她，他给朱荑伸出了橄榄枝，自己在德国布莱梅有个小剧团，他很诚恳地邀请朱荑去他的剧团做签约演员。只要朱荑同意，邀请函及一切需要办理的琐事，他都可以帮助她搞定。他很羞涩但正式地表达了对朱荑的爱慕，请求朱荑能认真考虑去德国的事情，也请求朱荑能认真考虑和他交往。

酒是个好东西，它能让你暂时逃离现实，也能让你鼓足勇气。朱荑一杯接一杯地喝，这一晚所有的问题，她都不想回答。她因为昨天谢晴的突然造访而生气，也因为白天张逍磊鼓励她跟柯文交往而生气，还因为晚上柯文说出她内心的隐秘而生气，这些气跟柯文是说不明白的，能说明白的那个人此刻也不值得说了，这么一想，更气。

朱荑有些醉了，像那天晚上一样，柯文让她靠在自己的肩膀上。但朱荑躲开了，她把头靠向了窗子，窗外，撩人的夜色倏忽而过。她没有回头，就像是在跟自己说话："我好像还是很喜欢他，而且他在那里，谁也走不进去，他也许已经想走了，但我好像还没有做好准备他真的会走……"柯文听不懂中文，他只能在距离她五十厘米的地方，猜想着她的苦恼，轻轻陪她叹气。他鼓足勇气伸出去想安慰她的手，也在她低下头的那一瞬间，悄悄收回来了。她的难过，他还没有资格问为什么。

说好要换个指纹锁的，怎么老是忘！朱荑告别了柯文，自己上楼后发现张逍磊没在家，她盯着紧锁着的门，委屈一股脑喷涌而出，竟然哭了。这会儿邻居肯定也睡了，朱荑索性坐在家门口，好好哭了一场，哭着哭着睡了。

"朱萸，醒醒。"

朱萸睁开眼睛，看见张逍磊蹲在她面前："你怎么才回来？"为什么他身后还有一双高跟鞋，她顺着那修长的双腿抬头看上去，她认得这个女人，她叫谢晴。

她主动跟谢晴打招呼，但是朱萸喝醉了，头疼得站不起来。就听见谢晴和张逍磊说："原来你表妹和你同住啊。"张逍磊就说什么拿资料，然后谢晴拿着东西说："咱们明天见，她醉了，给她喝点蜂蜜水。"

"我不用你管！"张逍磊想要扶起朱萸，朱萸把他推开了，跟跟跄跄地自己进屋了。

不知道是因为刚才睡了那么一小会儿让朱萸清醒了，还是说酒精的作用开始发挥了，张逍磊跟进来后随口说了一句怎么又不带钥匙，朱萸就彻底爆发了。张逍磊也有些招架不住，在一起的这些年，他经常形容朱萸是一只没长牙的小兔子，永远不着急，永远不发火。在朱萸的记忆里，非但她自己没有真正发怒过，她也没见过父母发怒。后来演戏的时候，要演泼辣吵架的戏份，她就跑去人最多、最闹腾的菜场蹲了十天，想看看有没有吵架的好学一学。这次也一样，她怒火中烧地喊出："怎么，影响你约会了吗？"这句话之后，就感觉已经骑虎难下了，又组织不起接下去的词，处理不掉刚刚来的情绪。

刚在门外喊醒她的时候，张逍磊就发现了朱荑眼睛肿了。朱荑是典型的南方姑娘，皮肤细嫩嫩像是水豆腐做的，稍微再多一点儿水，就会肿起来，他在冰箱里存了好几个果冻眼罩，就是为了给她消肿用。这会儿张逍磊也不再说什么，拿着眼罩递给朱荑。

"不开心吗？因为柯文……"沉默了好久，张逍磊猜着朱荑情绪的来源。

"你特别希望我赶紧离开你的生活对吧？那你就直说啊，你干吗这样处心积虑拐弯抹角的，谁是你表妹！我找不找柯文很碍你的事儿吗？"

朱荑不会大吵大闹，就是这种梨花带雨地默默哭诉，像极了幼儿园门口，那个放学没有等到家长来接害怕到哭的小朋友，还担心老师会训她，所以尽量忍着不哭，跟老师解释自己此刻的想法，但实在是越控制，越控制不住，越哭得要背过气去了。张逍磊最顶不住朱茰这样，像一件宝贝被扔在半空中，他必须集中全力去接着她，不然就碎了。他只能把朱茰抱在怀里，用温暖的大手安慰她，很细声细语地跟她道歉。就是简单的道歉，也不说是为什么而对不起。哭得很投入的朱茰，紧紧地靠着张逍磊的胸膛，这温度、这呼吸、这起伏，都是她熟悉的，而且是特别吸引她的。她下意识地把头转向离张逍磊更近的地方，她的鼻子几乎碰到了他的喉结，张逍磊稍稍一低头，嘴唇就碰到了她的额头，他索性吻了她的额头。朱茰抬起头来确认，刚才那么柔软湿润的是他的嘴唇吗？张逍磊就看到了她水汪汪的大眼睛以及让人心动的委屈，她太需要爱护了，他不能看着这么易碎的宝贝就在他面前跌落，他得用尽全身的力气抱住她。

　　张逍磊轻轻地吻了朱茰，朱茰没有躲，而是迎了上去。

　　为什么？为什么我们会这样？

朱茰出门之后，张逍磊没有想出那个问题的答案。答案应该很简单。努力这么久就是想真的分开，可是当另一个男人出现之后，他还是觉得焦躁不安。他忍不住回忆过去，想起来的全是幸福和快乐，他又忍不住审视柯文，稍不留神就开始比较，比来比去还有些自卑了。自卑，压在他的心底，从小到大都努力对抗的自卑，为什么还在！幸亏是谢晴喊他加班，不然最先发火的可能是他。

那么，然后呢？

朝阳如期而至洒进他们的卧室时，张逍磊和朱茰应该想的是同一个问题。

"宝贝，你一定会找到属于你的幸福的，从今天开始，我们都加油！"

张逍磊犹豫了一下，还是把手轻轻落在趴在他胸口的朱茰身上，又说出了这句话。

第四章

打破循环的朱萸

"不要。"朱萸没有动,她的嘴唇在他的胸口轻轻地动,说出的话却异常坚定。"从今天开始,我们回到以前的生活吧。"

这是多么勇敢的宣言,又是多么让人迷幻的魔咒。他们迎来了新的一天,这一天并没有什么特别的不同,仅仅是客厅的沙发床又变成了沙发,卧室的门再也不必关上,至于其他,真的毫无变化。那么之前的这些日子,他们在做什么?

灵魂式的拷问,谁愿意回答,不过都是得过且过罢了。

柯文走了,在上飞机前,朱萸很正式地跑去航站楼送他,当面跟他告别,当面感谢他的邀请和喜欢,但是她没有勇气改变现在的生活,包括工作,也包括爱情。她还是跟柯文说明:"你有一句话说得不太准确,我不争也不全是怕输,而是我不知道为什么要争,我挺喜欢现在的一切,至于未来,我也没有奢望。"

柯文是特别符合朱萸曾经对于未来另一半的设想的:相同的专业,有共同语言,一样的品味,有才华有能力,不物质不媚俗。这是朱萸能想到的所有条件了,但张逍磊出现之后,她就明白能说出来的条件其实都不那么重要,重要的根本说不清楚。

朱荑在回家的路上,收到了一个银行的短信,提示账户进账八十万,她以为是诈骗信息,还在想要不要打电话给客服确认,张逍磊的微信就跳进来了:宝贝,我把一部分存款转存到你名下了。朱荑把电话打过去问为什么,张逍磊说:"没有为什么,赚钱就是要给你花的。"

每个月都要计算收入和花销,把一部分存款拿出来变成理财或者是投资,花掉的钱可能包括吃、穿、住、行,每年还有一笔存款是留给旅行的,可能还有一笔是要孝敬父母的,然后……然后留下的钱要做什么呢,或者说还会有钱留下吗,会不会收入都抵不上花销,如果入不敷出那该怎么办?朱荑想着这些,她想象中的婚后也许会有的生活,是不是每一个在婚姻里的女人都会给这些事情操心?难道上次是为了没有过上这种日子而跟张逍磊分手的?

大学第一课的时候,老师都会问,你为什么

选择这个专业呀？大家被教育了那么多年，答案多数都是有点儿虚假但高大上。朱萸班里那二十几个人，几乎都是什么为了能够体验不一样的人生，为了想成为艺术家，为了实现从小的梦想……等等。轮到朱萸，她也随大溜地找了个冠冕堂皇的借口，否则总不能告诉老师，因为长得漂亮。但她坚信，班里的每一个人的真实想法和原因跟她都差不多。张逍磊虽然学的是经济，但大家的借口跟学表演的居然差别都不大，左不过都是什么梦想之类。他也没说实话，实话太简单，就是单纯的分数高，傲娇地选了一个录取分数最高的系填报了。所以，愚蠢的人类，终其一生都是为了虚假的言语活着，连面对真实内心的勇气都没有。

那天那么晚特意跑到张逍磊家拿的宣传材料就是贺兰山葡萄园的，谢晴回去仔细看了看，跟张逍磊商量着要去一趟，国内的资源尤其是这种初期的她不想放过，张逍磊肯定是没有意见，他也很想念老宋。谢晴动作太迅速了，立即吩咐行政订了当天下午的机票，搞得张逍磊都没来得及当面跟朱萸说一声，回家随便拿了点随身行李就去机场了。

第四章 打破循环的朱茰

朱茰那天正好在开全剧院工作会议，她后面没有被安排工作任务，刚好又收到张逍磊说去宁夏的微信，朱茰心想不然自己就趁这个时间回趟老家看看爸妈，也跟他们聊聊最近这些事。

飞机上，谢晴很艺术地找个话题问起张逍磊的私人感情，她夸奖朱茰漂亮人也温柔，张逍磊也没有再藏着掖着的必要，就跟她简单讲了讲和朱茰的关系。"我就说嘛，要说表妹，哪有大晚上坐你家门口的道理，而且人家可比你好看多了，完全没有相似的基因。"谢晴开着玩笑。

张逍磊哈哈一笑就过去了，完全没多想。

"你们谈这么久，为什么还不结婚啊？"谢晴忽然又问。

这把张逍磊问住了，他一时间组织不起那种简短又有说服力的语言。"可能就是时机还没到，我想结婚的时候她还小，她想结婚的时候我又觉得还没准备好，所以……不过，应该快了，等买了房子……差不多了。"张逍磊这句话应该是跟自己说的。现在真的差不多了，会所的前景肉眼可见一片大好，之前的付出终于迎来了收获，虽说迟到，总比不到好。

朱萸下了高铁才跟爸妈说很快到家了，结果人家都还在各自的岗位上，朱萸拉着小箱子坐在家小区门口的咖啡馆里想，怎么到哪儿都是等人开门。

就算是朱萸回家，家里的三餐也还是多年的习惯，清清淡淡，不像朱萸跟着张逍磊回家时，他的妈妈总会下厨房准备很丰盛的饭菜，大鱼大肉。朱萸家也很安静，家里有没有人、有几个人没什么太大区别，总归都是每个人捧一本书或者看看电脑。朱萸的卧室在二楼，这套房子是早些年房改之前买的，原本就是个大平层，结果后来加装楼顶隔热工程，又给生生地加出来一层。那时候朱萸正上高中，爸爸就把楼上装修成带卫生间的一个大屋子，专门留给朱萸，让她安安静静地备战高考。朱萸很喜欢这间房子，因为尖尖的房顶上开了一扇老虎窗，朝南，晚上可以看到月亮和星星，白天能够看到蓝天和云彩。

晚上吃好饭，朱萸正趴在窗子前面看星星，妈妈敲门送来了几颗新鲜的草莓。"过得怎么样？"

像小时候似的，妈妈轻轻抚摸着朱荑的后背问。

"还那样呗！"朱荑往嘴里放了个草莓，"哇，好甜！"汁水穿过她的喉咙，立即在她脸上浮现出甜蜜的幸福。

"甜也得少吃，寒凉。"在中医的家，总是有这种内容的对话。

朱荑轻轻挤着妈妈，妈妈也挤着她，两人小口慢慢咬着草莓，一起朝窗外看，也不说话。

"风怎么也是甜的呢？"朱荑轻声细语。小区的草坪都翻绿了，花也开了，大概夹在风里吹过来的。妈妈转头看着朱荑，笑眯眯地问她，"有什么高兴的事儿啊？"

好像也没什么特别的，要说感情，如果不知道他们分手过，还经历了那么一段十分努力再也不联系的过程，那么如今又在一起的这个消息根本不必分享。好在，她的妈妈不是那种特别喜欢管着孩子任何事的妈妈。

"对啊，妈妈，你为什么不像别人的妈妈那样，问我什么时候结婚？"

从小到大，朱荑好像从来没被催过任何事情。

从侧面看，朱萸和妈妈的笑脸简直一模一样，只不过朱萸又结合了爸爸的好身材和白净，吸取了爸爸妈妈的各种优点，更加漂亮了。

这个甜甜的晚上，朱萸和妈妈聊了很多。婚姻、感情、事业、未来，妈妈的很多见解让朱萸挺吃惊的，很前卫也很通透。妈妈说，婚姻这种关系走到了今天，是需要好好审视它的价值和意义，如果仅仅是因为所谓的安全感或者是传宗接代，那么大抵是会失望的。钱钟书写了《围城》，让那么多人感觉到醍醐灌顶，好像一下子就被点醒了，外面的人想进来，里面的人想出去。可是爱情走到今天，大家在结婚之前好像已经拿了"围城"的体验券，比如同居再也不会被诟病，也没有人再从道德的高度去规范自己的孩子不能发生婚前性行为，连是否必须需要婚姻才能给孩子一个户口，也许都可以商量。那么，婚姻的意义到底是什么？或者说到底因为什么才会选择和某个人共度一生？

"是啊，我之前到底为什么那么期待他的求婚？"朱萸躺在床上，看着老虎窗外圆圆的月亮，她自问。才过去几个月而已，她已经不理解当时的自己为什么有那样的想法了，而且没有等到求婚时，她居然会愤怒到跟他分手。发自内心地说，她并没有想过要孩子，也没有想过两人一起努力买房子再卖房子，然后换更大的房子，过什么样的生活，这些别人嘴里激励她的理由，她统统都没有太大的兴趣。她挺喜欢小孩的，但是并没有做好准备去做一个妈妈，她觉得自己根本搞不定生了孩子之后的生活。她要远离舞台好几年，等孩子长大一点，再拼命回到舞台上……这种先例，她到剧院的这几年里每年都在上演，那些妈妈的努力让她看了很心疼。朱荑很确定，她没有过上那种"成功生活"的诉求。

回来的这几天正巧赶上周末，朱荑还跟着爸妈一起回到了外公留下的祖宅，这里已经被老爸收拾得很有点儿网红民宿的感觉。原本夏初近郊游玩的人就多，他们一家把院门打开之后，惹得好几拨游客推门进来打听，有没有客房出租。老爸坐在院子里看书晒太阳，乐呵呵地告诉人家客房没有，愿意的话可以一起喝茶。好几个跟朱荑老爸差不多年纪的叔叔、阿姨也不客气，就真的坐下来喝茶，聊着聊着，老爸还会顺便给人家解决点儿身体问题，告诉人家点儿小妙招,缓解颈椎疼、腰疼之类,要不是没带家伙什儿,老爸就能直接开诊针灸了。陌生的客人心满意足地离开时,免不了发自内心地感谢,且无一例外地说,"忙活一辈子,能在这么个地方有这么个院子,才是不枉来这世上一回呀!"看着朱萸了,又会加一句,"姑娘真是有福气,出去闯闯累了就回家,过神仙一样的日子,大可不必像我们的孩子,在大城市里累死累活的就为了买个小鸽子笼啊!"朱萸也不说话,点头笑着,朱爸爸还是乐呵呵的,听着里面妈妈喊吃饭了,他还认真地让一下陌生人,"要不要留下来一起吃便饭呀?"

认真想想,朱萸对未来的设想确实也不是像老爸这样的。她很喜欢旅行,而且是那种短暂地住下,不跑来跑去打卡景点的那种,这种短暂的旅居会让她有种充电的感觉,但如果说挺喜欢这个地方,就直接住下来,朱萸是不乐意的。不做着自己的事情把电耗光,充电是没有意义的,而且一直插着充电器一定会把电池搞坏。所以,**回家也是一样的,待两天就觉得得走了,离开对于家来说是非常特别的存在。**

临走的时候,朱爸爸还是简单叮嘱那几句:"早睡早起,要喝热水,不要有压力,慢慢生活。"她笑着跟老爸说,"自己如此不上进,大概率就是被你们刻意培养的。"

朱荑这一代是真正成长在改革开放成果丰盈的时代中的,家境虽然不是大富大贵,但从小就没有被生活亏待过,她所有小小的欲望都被父母润物细无声地满足了。比她大十岁的,会有盼着过年才能买新衣服的记忆;比她小十岁的,会有内卷学习班的恐怖童年。在她的成长中,再没有什么想要但是得不到的东西,这种不满足也不会像雪球一样被越滚越大。父母思想又相对开明,整个社会经济形势一片向好,大背景欣欣向荣。她无法被激励,只是因为并没种下欲壑难填的种子。这是很好的品质,也是被人诟病的顽疾。

回到上海后,张逍磊还在出差,且不确定回程时间。和好之后,两人明显都有点儿小别胜新婚的感觉。张逍磊每天都给朱荑发消息、打电话,朱荑也跟他汇报点儿有的没的,吃的什么,睡到几点,又追什么剧之类。张逍磊也会跟她聊聊这一天去了哪里，有什么没见过没吃过的，再问问家里缺什么东西吗，要不就告诉她去哪里买，要不然就直接从网上给她定好，小小的甜蜜，很真实。

有一天张逍磊发了个朋友圈，配了一张照片，应该就是在葡萄园里，在一栋很中式的院子里，摆着一张长桌，酒菜丰盛，照片里的人有坐着的有站着的，大家明显都很开心。照片应该是抓拍的，因为每个人都沉浸在自己当下的状态里。张逍磊在照片的偏右侧，他正很认真地略往斜前方探着身，跟对面的一个大哥在热络地聊天，他身边坐着的就是谢晴，两人之间有一点距离。朱英下意识地点开了这张照片，然后把张逍磊的头像放大了，又往右边移了移，心里就莫名其妙地咯噔了一下，因为她看到谢晴那双眼睛，含情脉脉地看着张逍磊。朱英又左右移动这张照片，确定谢晴没有看别人，就是实实在在地落在张逍磊的身上，而且嘴角上扬，满脸春色。若说是前辈对后辈的欣赏或者是领导对下属的肯定，这都不对，那种眼神都不应该有如此的浓烈。朱英拿着手机，有些心烦意乱，她特意倒了杯凉水，告诉自己冷静，一张照片并不能代表什么，况且这是一张别人不经意抓拍的照片，也许就是正巧他们在聊一个很感兴趣且有些浪漫的话题。

人就是这么一种奇怪的动物，越想控制自己不去想，越是想得有声有色。如果换作别人，也许就是打个电话或者发个微信，直接问问，有什么事情大家聊开就好了。但朱荑在感情上就是很不愿意表达，她觉得像跟异性保持一定的距离这种事，不应该是大家都明白的道理吗？如果已经到了需要她明确提醒的话，那事情岂不是已经发展到某种不可控的程度了。在此之前，作为关系中的一方，肯定是得自觉断绝这种可能性的出现。所以，张逍磊为什么总是不拒绝谢晴，无论什么时间什么地点，他都是随叫随到，做好一份工作需要到这种程度吗！

也许是朱荑强烈呼唤的能量太过于强大了，也许就只是个巧合，张逍磊的视频电话打进来了。朱荑刚接起来的时候都有点儿紧张，张逍磊在房间里半靠在床上，他明显是多喝了两杯，脸有点儿微微发红，看着也有点儿困，随口问她干什么呢，看着慌慌张张的，朱荑说没有啊。她说完自己都想笑，明明是在操心他那边有没有什么不该发生的事情，这下可好，怎么搞得像自己在掩饰做了什么亏心事一样。也幸亏是这样的气氛，松松软软的，朱荑一下子就好了，她心想，下回真的不能再自己跟自己较劲了，要像袁小桐说的那样，有什么事就说，别自己编故事。他们甜蜜地聊着天儿，内容都是些无所谓的小事儿，琐琐碎碎的日常就是两人关系最好的调和剂。朱荑看张逍磊困了，原本想说挂电话睡觉吧，然后就忽然听见了张逍磊那边的门铃响，张逍磊说："你等一会儿，我去开门。"顺手就把手机扔在了床上，朱荑手机屏上只有一盏来自天花板的刺眼的灯。

"睡了吗？你来我房间一下吧，咱们把明天要去的地方商量商量，刚才老宋他们说的那几个，我都还挺想去的。去了聊聊价钱，如果不调价的话，同品类竞争跟欧洲酒庄还是没有优势。你觉得呢？"

虽然屏幕像是卡住了一样，但声音无比清晰。是谢晴吧，不然还能有谁呢？她还是没有听到拒绝，张逍磊仿佛瞬间不困了一样，满口答应说拿上手机就过去，然后就是关门声和脚步声。

张逍磊说："你先睡，我去开个会。"朱萸想了想，开了个玩笑说："咱俩现在好像不太一样了，你可比我努力多了。"

"我不努力，我怎么娶你？"张逍磊挂电话的时候没说什么，但他听见了这句话，而且听出了朱萸对他的一丝嘲讽，只不过他并不知道这嘲讽的由头。他只是在想，为什么两人只要在一起，就会有这样的事情发生，分开做室友的时候都是好好的，那时候看见的都是对方的好。从辞职创业到现在，张逍磊承认自己确实改变了不少，但他绝对没有随波逐流，他还是在他喜欢的事情上花心思、下功夫，并没有为了赚钱什么都做，之前会所要结束的时候，他也很潇洒地可以转身就去种葡萄，所以朱萸怎么会没头没尾地冒出这么一句。再说了，对待自己喜欢的事情，难道不应该全力以赴吗？努力才能过上好的生活，才能在上海买房子安家……其实想到这里时，张逍磊已经觉得自己有些俗气了，朱萸不是爱这些的人，她爱的是和她一样脱离物质刺激的那个张逍磊。

当初他追求朱萸的时候，其实有很多竞争对

手，这是后来袁小桐告诉他的，其中就有他们班的一个富二代，拿钱砸了朱荑两年都没成功。后来当笑话一样，张逍磊问过朱荑为什么，真这么视金钱如粪土吗？朱荑习惯性地用双手捂着脸，笑着说："那也不至于吧，我只是觉得他没有那么喜欢我，可能觉得我像个没有被解出答案的难题，特别想把我解答出来吧。每个人都有自己的习惯，有钱人自然觉得就得用钱解决，但其实我倒不是很在意，和钱相比我更喜欢跟他能玩儿到一块。当然了，如果能玩到一起还又有钱，那更好了，我跟钱又没仇。"朱荑当时这番解释是很合张逍磊胃口的，他觉得自己眼光就是不一样，大上海这种地方，外貌这么好的姑娘，能够略过浮华，追求精神上的契合，不但是姑娘好，更证明自己也优秀，因为同样优秀的人才会彼此吸引。

后来在相处的过程里，张逍磊又回味过这个问题。他跟朱荑的"不被激励"真的是一样吗？朱荑可以谈笑风生地说自己又不是跟钱有仇，这种底气张逍磊是没有的。他虽然也不会轻易地被人云亦云的好工作或者上司惯用的激将法所迷惑，但说到底他做出的这些选择，还是为了能够赚到与自己能力匹配的钱。不光是钱，他还要风度、要姿态，所以他才不屑于待在投行里，跟那个长他几年进去的前辈尔虞我诈。就算是上次动了来贺兰山种葡萄的心思，他也是规划好了，体面地离开上海，然后在这种荒芜人间没人惦记的地方大干一场，睡在葡萄园里的时候，他不是没想过，等十年，最多十年，我张逍磊一定会带着产自中国宁夏的、咱们自己的葡萄酒重回上海滩。后来谢晴出现，王强那么感激他的不杀之恩，他不跟王强掰扯是因为他觉得王强至少欠他一份人情，就让王强念着这个好也没什么，但他真不是为王强考虑才留下的。他就是看好谢晴，他觉得这会所不但能起死回生，还能够实现他当初做会所时的梦想：买一个大房子，能看见黄浦江的，然后异常低调地娶回朱茋，让她天天生活在蜜罐里，让她的同事们继续猜，猜她老公到底有多少钱。

这些美好的愿望，他从来没有跟任何人讲过，包括朱茋。

张逍磊负荆请罪的时候，朱茋正百无聊赖地趴在床上敷着面膜愣神儿，这些天她也在反思，是不是有些多疑多虑了，如果在一起的日子渐渐变成了这样，那自己岂不是活成了最不想成为的样子。无论如何，都不能活成怨妇，朱萸不停告诫自己。

沟通是任何关系维系下去的纽带，只要还愿意沟通，想必这段关系就还没有走到尽头。朱萸见张逍磊走进来，诚恳且温柔地跟她道歉，不自觉地也说了对不起。两人拥抱在一起，气氛马上就回到了应该有的样子。虽然此刻两人都不知道对方是为了什么说对不起。

张逍磊很耐心解释自己出差确实有点儿太忙了，忽略了她，不能只是每天发个消息打个电话就叫作关心了。刚在一起的时候他可不是这样的，他要把她真的放在心里记挂着，而不能是把联系当成完成任务。

朱萸听得有些迷糊，她说："我并没有觉得你忽略我，我没生气。"张逍磊还以为没哄好，就赶紧说自己到底错在哪里，"比如那天你发了什么信息，我不应该只回复一个挺好；还有那天，我们是要开席了，但再聊一会儿也没事儿，毕竟不是商务宴，便饭没那么大讲究，我不应该那么快就挂你电话；还有……"

"不，不，不，我真的不是因为这个生气的。"朱茵在那一个瞬间有种特别不好的感觉涌上心头，就像小时候看见了老鼠。她最怕老鼠，看见就后背发凉，连寒毛都立即竖起来的那种，刚才就是。张逍磊看朱茵变了脸色，他也莫名紧张了一下。

"那你为什么生气啊？"张逍磊问得很小心翼翼。朱茵其实不想说了，她预感到自己把真实的想法说出来张逍磊会多么不屑一顾。但张逍磊不一样，他必须得知道到底是多么大的事让朱茵生气，他已经如履薄冰地把之前所有他们发生过矛盾的原因都复盘过了，在那种情景下符合条件的他只能想到这些。

"是因为，你发的那张朋友圈。"

张逍磊很好，他仔细听完，并没有简单粗暴地说什么"你瞎想啊""没有的事啊"这种话，反而长舒一口气，比起那些真的问题，这种根本没有的事情，他完全不担心。虽然他觉得朱茵是想多了，他还是当即表示，会跟老板保持适当的距离，尽量减少只有两人的这种共处情境。夜里，看着躺在自己身边的朱茵，他觉得还有一丝丝意外的幸福，她居然也会有一天吃起醋来。

怪不得会有忍一时风平浪静、退一步海阔天空这种说法，朱萸暗自庆幸，幸亏她是个慢性子，是个没有战斗欲望或者说各种欲望都比较欠缺的人，要是换了别人，可能那天晚上看到照片的时候，就一个电话打过去跟张逍磊吵起来，随便想一下都能知道，那种情况除了吵崩不会再有第二种结果。

这个小插曲算是完美地解决了，但在两人的心里都留下了一点点后遗症。朱萸想起来就厌恶自己的醋意横生，与其说是谢晴带给她烦恼，还不如说是她自己让自己遗憾。偶尔去剧院开会，看见又一批刚毕业的小姑娘喊她朱老师时，她会有些伤感。原来衰老不是一点一点的，而是忽然在某一天，你见到了一个年轻的姑娘，她是你心目中所认为的自己的样子，可她只是看了你一眼就毕恭毕敬地喊你前辈了；也是从来都不会不自信的你，会害怕被另一个女人抢去自己的男朋友。轰然老去，是会发生在每一个人身上的。而张逍磊的问题是，既然朱萸介意，他必须调整跟谢晴的相处模式，谢晴也很聪明，在张逍磊回绝了两次她的单独出差邀约之后，谢晴就再也不提了。张逍磊变得有些小心翼翼，会所新招了很多员工，各个职能部门基本都要配齐了，他的工作也变得轻松了一些，有些杂事就不必再亲力亲为。有些必须他陪老板一起出面的酒会和宴请，张逍磊都是提前几天就跟朱萸报备，席间也会抽个去洗手间的工夫跟朱萸通个电话，朱萸会表现得比以往更加大度和不介意，让他以工作为重。说不好，总之这种相处之前是不必的，现在的感受也没什么特别，仅仅就是有点儿累，两人都累，但他们都选择了只字不提。

还有一个插曲，总是神龙见首不见尾的袁小桐忽然又给朱萸打了电话约她喝下午茶，一见面她就吵吵着，"这回终于赶上你们分手了，怎么样，说说吧，谈了几个新男朋友了。"朱萸抿着嘴说，"不好意思，又和好了。"袁小桐当即就表演了一个十分真实的"晕死"过去，一顿饭她都在唉声叹气，说："朱萸啊朱萸，你非得跟这个张逍磊耗成黄脸婆才死心，你干脆去算一卦吧，算算你俩这孽缘到底什么时候才能结束。"

朱萸噘着嘴说："哪有你这样的好朋友，人家都说宁拆十座庙不拆一桩婚,你可好了,见面就劝我分手,还让我算卦,神仙们和你肯定不是一路人。"袁小桐说:"得了吧,神仙们从来都在我身边围绕着,所以我现在要告诉你,我准备结婚了。"

在朱荑看来,袁小桐找的这个男人,真不属于被神仙眷顾的那一类,三十五岁,搞什么海洋科学研究的,博士后刚出站,拿到了澳大利亚一个公司的offer,袁小桐跟他结婚后就要和他去澳大利亚了。朱荑不是瞧不起这个科学家,她只是觉得袁小桐和科学八竿子打不着,又要去异国他乡,自然也得离开自己的喜欢的专业,她不知道袁小桐在那边怎么开心地生活。袁小桐大手一挥,说:"朱荑你就缺乏我这种勇气,爱情是一定要有勇气做帮手的,不然永远都只能以再见收场。我听他给我讲海洋里有多少种单细胞动物,长什么样子,怎么能在这个地球上生活几亿年甚至更久的时候,我就觉得他好有魅力啊!我生活里所有不明白的事情,他都懂。而且他从不去夜店、不蹦迪、不喝酒、不抽烟,他所有的乐趣就是工作,忙累了就是做饭,做一桌子山珍海味,手艺绝对拼得上米其林,起码一星……"

第四章 打破循环的朱萸

"然后呢？然后你就嫁了？"朱萸觉得这显然是一时头脑发热，她觉得袁小桐的一世英名就要毁于一旦了。

"不嫁，不嫁留着干吗？再说了，嫁怎么了？又没说嫁了不能离，我此时此刻爱他，他也爱我，我们不用一纸用婚书作为爱情宣言，还能再怎么表达彼此的爱呢？等到有一天，我们不爱了，那就再用张离婚协议书宣告咫尺天涯呗。有什么呢？难道都要跟你和张逍磊一样，磨磨叽叽地在原地踏步，你们这种行为是节省了青春还是保持了贞洁啊？"

闺蜜之间，吵吵闹闹地聊了一下午，分开的时候都以自己的方式送上了最真诚的祝福。"朱萸，你不能老盯着自己，你盯着自己永远看不到他的好，无论那个人是不是张逍磊。"袁小桐走出去好远了，又特意转头回来，在路灯下，双手抄着兜，大声地对朱萸说。这个场景，若是出现在舞台上，自然是导演浓墨重彩想要赚观众眼泪的告别一幕。

消失了很久的前老板王强也忽然出现了，约张逍磊喝酒。王强说他把国内的房子也卖了，原本只是想租出去，给自己和家人留条后路，后来遇到一个出价的不错买家，他一咬牙跺脚就签了售房合同。要离开了，光家具物流就花了将近十万，他跟张逍磊说，意气风发地想要把公司做到去纳斯达克上市的豪言壮语就像昨天说的，努力了十几年，没想到会这样结束，仅仅就是因为接二连三的几个条文，工地都还是热火朝天地干着呢，公司就已经倒了。他觉得自己的死亡，就像是一场简单的车祸，腿断了，需要输点儿血，血库也有血，就在那里摆着，但是签字的人在路上堵车了，然后大家就这么大眼瞪小眼地等，等到他居然因为失血过多死了，医生连抢救都无从下手，然后签字的人到了，喊着签好字了。可有什么用呢，他已经死了，转脸就被人遗忘了。

王强又拿了一瓶茅台，他跟张逍磊说："这是最后一瓶了，往后再也不用买这玩意儿了，我要去加拿大喝小甜水去了。"张逍磊陪他喝酒，两人没有任何工作关系了，像朋友似的东扯西扯，王强拍着张逍磊的肩膀劝他，赶紧结婚，什么都是假的，老婆孩子才是真的。风光的时候身边走马灯一样的你方唱罢我登场，搞得自己误认为自己是要天得天要地得地，等落寞的时候才发现只有家人不离不弃，当然了，得找个好老婆，他觉得朱荑就很好。他也问张逍磊："怎么还不结婚？"张逍磊打趣回怼他："我为什么不结婚你好意思问，你要是不破产，能让公司上市，让我把原始股份变现，我能不买好大房子迎娶人家？"王强已经有点儿喝多了，他摇着头说："人家朱荑不是那种人，人家不可能说没有房子不结婚，都什么年代了。"然后又嘟囔着说，"这辈子老哥是赔不起你了，记账上，下辈子还吧。"

下辈子，我们到底有没有下辈子呢？以前有个笑话，说女孩今生遇见的男人就是上辈子她死在沙漠里时遇见的同一拨人，有的给她盖了件衣服继续赶路了，那么今生就会谈场恋爱就分开，最后总有一个挖了坑给她埋了的，那么这个人今生就娶了她。所以男人今生谈得恋爱多，就得想想上辈子给多少人盖过衣服；女生这辈子恋爱谈得多，就可能是上辈子总也没等着挖坑埋你的那个人。上辈子到底干了些什么也无从追究了，先把这辈子过好，别给下辈子再添账了吧。

第二天一睡醒，张逍磊直接跑去国金买了钻

戒。这个环节他跟朱萸早就演练过，试过指号也选过款式，上次在两人去法国旅游的时候，要不是遇见一个阴阳怪气瞧不起中国人的柜姐，他们当时就买了，时机和缘分真的很难讲清楚。张逍磊看上的款式没有现货，得预定后等十天，他怕再变生事端，直接付了全款，叮嘱柜姐到货第一时间通知他。

好像一个拖延症患者的剧作家，终于把拖了五年的稿子写了"全剧终"，张逍磊从商场走出来的时候，如释重负。关于这个作品的质量如何，能不能让编审通过，他已经不想再去思考了。

葡萄牙酒庄的代理邀请张逍磊去一趟波尔图，亲自考察一下那边杜罗河畔的波特酒。张逍磊看了看手头的工作，突然萌生了个想法，干脆夹带点儿私货，带着朱萸一起去，这样正好可以在那边的酒庄里跟朱萸求婚，她这段时间也没有演出任务。反正一应费用自己出，想必谢晴也不会介意他做这么点儿假公济私的事。张逍磊很坦荡地跟谢晴把想法都说了，谢晴果然很支持，并且还说费用算公司的，也不能光让他加班一点儿福利都没有。张逍磊当然是婉拒了老板的好意，这点儿钱还是不必欠老板人情的。

签证、机票，所有的事情张逍磊都逐一办好了，他没跟朱荑透露一点儿关于求婚的计划，只是说趁着出差的机会带她也去玩玩，正好大家都还没有去过葡萄牙。朱荑很开心，很难得的空档期，而且也确实有日子没跟张逍磊一起出去旅游了，她隐隐觉得张逍磊的表现有些异常兴奋，说不定会有惊喜。当然了，她怕希望越大失望越大，一再提醒自己别发挥想象力。

出行那天，阳光大好，他们的飞机是下午起飞的，两人吃过早午餐拎着行李叫车去浦东机场，一路上说说笑笑。刚到机场，谢晴的电话进来了，张逍磊接起来听了两句之后，脸上就露出了尴尬之色。朱荑以为他临时有工作去不成了，还想说改签机票也没关系，结果张逍磊说，倒不是去不成，而是谢晴让等她一下，她马上也到机场了，同一架航班，也去葡萄牙。

连张逍磊自己也觉得有些奇怪，从来没听谢晴提起过这趟出差他们是一起的。跟老板一块儿出差但是带着自己女朋友这样的事，完全可以不必发生，他要是早知道谢晴也去，就干脆另外请个假再定一趟旅程了。张道磊很怕朱萸又多想，他赶紧跟朱萸解释，自己确实不知道谢晴的安排，老板从来没有提过。朱萸虽然不开心，但也不想让张道磊为难，她一再表示没事，工作为主，反正那边自然风光好，每天待在酒店里晒太阳也没关系的。

谢晴没几分钟就到了，车门一开，就很开朗地先奔朱萸去了，她牵着朱萸的手说："真不好意思，这回我成电灯泡了，原本没有去的计划，昨天跟波尔图那边视频沟通的时候，他们很想这次就把单签了，因为还牵扯到航运公司，我想既然大家都要做生意，那还是得讲效率，我要是不去看看，还得等道磊回来汇报再决定，这样一来说不定就耽误了，现在国内竞争对手也多，有些买卖咱们不做，就成了别人的。所以，我连夜订了一张机票。"

朱萸能说什么？她本来就不善言辞，谢晴的侃侃而谈让她除了窘迫的微笑什么也表现不出。张道磊在一旁打圆场，说："谢总这是哪儿的话，是我工作不到位，跟波尔图那边沟通得不够细致，导致您还得临时改变工作计划,辛苦了。"

三人客套了一番,一起去换了登机牌,谢晴一定要给他们两人升舱,说是公司福利,张道磊也推脱不掉,朱荑不发声,她只是微笑。

出关之后,还有一个小时才登机,三人在VIP贵宾室等。张道磊肚子不舒服去洗手间,留下朱荑和谢晴两人。

"朱小姐,我开门见山地说,希望你能退出。"谢晴还是那么优雅大方的表情,以至于朱荑起初都没听清她在说什么。

谢晴把原话仔细地重复了一遍。

"你什么意思?"朱荑听清楚了,但她也懵了。

"就是你理解的意思。我很欣赏张道磊,也很喜欢他,希望你不要继续留在他的身边。"

谢晴不是结婚了吗?这完全超出了朱荑的理解范围。

"婚姻不是你想的那样,尤其是我们这种人的婚姻。怎么说呢,你可以按照运营公司、做生意来理解。但是,我对道磊,不是生意,我愿意付出感情。"

为什么会有人把根本不符合人之常情的事情，说得如此义正词严，朱荑一时间想不出该怎么跟她继续说下去。

"我知道你们有感情，但是这个东西很玄妙。你们在一起不合适，否则也不会只谈恋爱不结婚这么多年，分开了其实对你们俩都好。"

"张逍磊也喜欢你吗？"

"他会喜欢的，只要我想。"

"哼……"朱荑只能发出这样的笑声了，无聊，为什么要把自己卷进这种无聊的争抢游戏里。"你怎么就知道我们俩合不合适呢？你以为你是谁？你是有经验还是有教训啊？"

"哟，真没想到朱小姐居然这么伶牙俐齿，张逍磊看来还是不了解你啊。我给你打个比方吧，你俩就好像是设备条件都不错的两个厂家，但你们都是乙方，得找到合适的甲方，才能得到更大的发展空间，才能有更加美好的未来。不能因为你们俩各自都不错就往一块凑，你见过俩乙方没有甲方的买卖吗？我才是他的甲方，你也应该找到你的。"

厌倦，空虚，冰冷，朱荑转身的这一瞬间，

以上的感受扑面而来，也仅仅是诸多感受里她尚能清晰总结出的，还有很多转瞬即逝的悲伤，她都来不及收拾就放它们走了。快走到出口的时候，张逍磊打来了电话很焦急地问怎么了，朱荑站在航站楼的人来人往中，看着窗外夜幕低垂，挤出了一个笑脸，对着话筒说："刚刚接到院长的电话，让我马上回去救场，有个演员临时送急诊了，我不能推。对不起啊。"

张逍磊在电话那头又说了很多很多，他真的是着急想办法，比如他跟院长打个电话推辞一下，或者能不能找其他同事帮帮忙，哪怕咱们自己多出点儿演出费也行，最后他真的急了，说："要不然我也改期等你救完场咱们再一起走。"这期间的朱荑，一边听一边走着，越走越快，最后几乎是跑着，她都坐上出租车，张逍磊还在电话里想办法呢，朱荑也不说别的，就是翻来覆去的那句"不行，不行的"。

最后张逍磊满是遗憾甚至很生气地告诉她："我都准备好了，我准备了半个月，我是要在杜罗河边给你求婚的呀！朱荑你永远都是这样的，你永远都是把自己认为重要的事情、自己的感觉放在第一位，我就得自觉地、不用你提醒地配合你，你认为我该求婚了我就得求婚，我不求婚你就要分手；你觉得我们还不应该同居，即便已经搬进老洋房了我还得帮你再搬走，等到你觉得又行了，再喊我搬回来；你觉得该见我家人了，但我还没有做好准备，你也不高兴，但我要见你父母你就不着急，闹分手还得说是我的问题；我说要买房子，你不乐意还贷款，好，那我就暗自努力定好目标全款买，工作忙到顾不上吃饭睡觉，你又说你根本不介意有没有房子。朱荑，我真的不知道你到底想要什么！你告诉我，我得怎么做，才能合你心意，才能和你同步？"

朱荑握着电话，她一句话也说不出，她原本是觉得在电话里说不清关于谢晴的事，但她没有想到张逍磊会有这么多委屈，谢晴只是一个导火索，现在牵出的事情和谢晴根本就没有关系。

"先挂了，等你回来再说吧。"

确实是一场某人很满意的不欢而散。但，也许，也许谢晴说的是对的。

第五章

好的,那么,再见

罗马不是一天建成的，感情走到死胡同也一样，是选择错了无数个路口之后才到达的。

在波尔图的杜罗河边，每天下午都有一群老年人组成的乐队，他们穿着民族服装，很快乐地演奏着，过往的年轻人时不时地停下脚步，随着音乐跳起来或者唱起来。张逍磊来的这些日子，很喜欢坐在河边的咖啡店点杯冰美式，纯粹地晒太阳发呆。他还记得在机场门口朱茱说的话，反正那里阳光好。这里的阳光真的是，为什么好成这样？灿烂得不像话，就像记忆中热情的外婆，每次去的时候，恨不得把所有的柜子、橱子都打开，慷慨地都给他。张逍磊透过墨镜看向远处的天，蓝得像快要碎了一样，还有云彩，一朵一朵的，特别丰满，像一个又一个婴儿的小屁股。

风景愈加迷人，张逍磊愈是悲伤。好像一场足球赛，拼了九十分钟都是零比零，终于在补时的最后一分钟里判了一个点球，可没想到他滑了一跤，根本没有射门就把这次机会浪费了，然后终场哨随之就响了。

谢晴很聪明，张逍磊闷闷不乐，主动远离她，她都看在眼里，她想到了，朱萸一定会告诉张逍磊都发生了什么。她得找个合适的时机，自己亲口把这件事情说明白。

张逍磊这次拜访的是波尔图最古老的酒庄庄主，一个七十岁的爷爷，长得很像球星菲戈，身材也一样好，来之前合作都已经谈得差不多了，这一趟原本也不是什么重要的公事，所以爷爷也很轻松，表现得很敞亮。爷爷毕竟是过来人，对于张逍磊时不时的忧郁和谢晴的不自然，他大概猜到了这两人似乎不止投资人和职业经理人这么简单的关系。几天接触下来，爷爷很欣赏张逍磊，他觉得这个三十岁出头的男人非常懂红酒而且也是真的喜欢红酒。有天晚上，他们聊了很多关于这个古老酒庄的故事，快结束的时候，爷爷很羞涩地说，"一会儿邀请你们去看我的演出，不知道有没有兴趣。"翻译这才隆重介绍，爷爷是当地非常有名的fado（法多，葡萄牙民谣，编者注）演员，张逍磊欣然应邀。

演出在当地的一个很有情调的小酒馆，来的客人彼此几乎都认识，大家吃着简餐聊天，等夜幕降临。月亮出来的时候，小酒馆的灯光也变换了颜色，服务生给每一桌送上蜡烛和波特酒，并热情地介绍今晚的演出者，大家毫不吝啬地送出一轮又一轮的掌声。张逍磊在想，若是朱荑在，他应该会在此刻拿出戒指，单膝跪地，朱荑一定会用双手捂住自己的脸，笑得像花儿一样。但此刻坐在他对面的是谢晴。

fado是葡萄园的传统音乐，小舞台上有个戴着帽子的男人抱着吉他，很幽暗的一束光斜斜地打在他的右肩膀上，随着一阵拨弦，一个沙哑又悠扬的女声从人群里穿来。张逍磊循着声音回头，只见一个有点儿年纪的女人，穿着黑色上衣暗红色长裙，化着非常浓郁的妆，从一张普通的餐桌上站起来，她紧皱着眉头唱着，长长的又压抑的音调。她侧着头，连脖子上的青筋都清晰可见。随着音乐的起伏，她的手也握着，紧紧贴在胸口。她开口的那一瞬间，座中再无其他声音。然后那位葡萄庄园的庄主，在小舞台的一角，慢慢哼唱，就像是在回答那位女士刚才揪心提出的问题。然而他又充满了无奈，他的歌声，比那女士还要低沉和沧桑，反倒是当男声出来之后，女士的歌声倒是稍稍扬起来一些，似乎说："算了，算了，我原谅你了，谁让我付出的爱就像逝去的水……"

这句话并不是歌词，是划过张逍磊脑海的念头。两位歌者唱的，他一句都听不懂，但觉得所有的情感都被安慰了。此刻，吉他琴声又起，女歌者被庄园主轻揽着腰，微低着头，漫步起舞，席间的所有人，或把手撑在桌上，或者托着腮，总之，安静又饱满是此刻最准确的形容。

演出并没有一个很正式的结束，两位歌者在慢慢的舞步里，随着吉他声，回到他们的桌子边，拿起酒杯。音乐还在，他们也依然那么深沉，就在这样的氛围里，他们和每一桌的客人逐一地碰杯、共饮，然后，小酒馆又热络起来了，橡木塞进出瓶口的声音此起彼伏，深红色的波特酒飘散在空气里，大家都有些醉了，不知道是不是仅仅因为酒。

张逍磊偷偷擦了在暗色流下的眼泪，然后跟爷爷道别，谢晴也随他出来。

波尔图老城区有很多蜿蜿蜒蜒高低错落的小路，很窄，基本上也就是容得下两个人并排着走，路两边罗列着被刷得五彩斑斓的小房子。张逍磊跟谢晴往回走的时候，路上已经很安静了。他心情太糟糕了，以至于根本无力再保持工作状态，考虑老板的感受。张逍磊独自走着，谢晴在他身后错开半个肩膀。

"张逍磊，我觉得我们完全可以开诚布公地谈谈。"谢晴在他身后叫住他。

张逍磊顿住了，应该是自己太任性了，三十多岁居然会把私人情绪带到工作中，给老板脸色看，也确实有些幼稚，他不等谢晴说话，就赶紧解释，"是我不好，我保证，明天一定调整好状态，对不起。"

"该说对不起的人是我，"谢晴很坦然，她觉得事到如今不能不清不楚，她也没想到张逍磊是这种闷着不说的人。"逍磊，我从不掩饰自己的情绪，而且有什么事情我也喜欢摆在明面上说，我在尽量不伤害别人的前提下，一定会争取让自己满意。当然了，在机场的时候，我可能是伤害了朱萸，但是，我觉得我是旁观者清，你们没有未来的，你们都是太自我的人，谁都不肯往前先迈一步，你们怎么可能继续往前走？既然不合适，为什么还要在一起浪费时间。一个不对的人待在身边，那么对的人就不可能出现，于你于她都一样……"

等等，等等，什么意思，昏暗的路灯下，张逍磊几乎看不清楚谢晴的模样，他又不自觉地往前走了一步，他俩长长的影子拖出去老远。谢晴误会了张逍磊往前走这一步的原因，她以为是自己的话打动了他，她也往前迎了一步，换了一个口吻，细细说。

"我从小就被父母安排好了生活，我就像个很好的执行者，每一个阶段都接受父母的验收。结婚也是一样的，我没谈过恋爱，两家父母考察好了彼此，都很满意，然后把彼此精心培养的、没有差错的孩子摆到台面上，我们就见面了，留下联系方式，按照剧本一样地交流适应半年，没有出什么岔子，算是过了试用期，然后领结婚证，办盛大的婚礼。两家成为一家，继续各取所需。所以，我的婚姻是一桩生意，不是爱情。可是，我喜欢你，我一定要为自己争取一下，哪怕结果不是我想要的。因此，我才会在机场跟朱萸说那些话。当然，我不知道她是怎么跟你描述的，希望不要有太大的出入。"

张逍磊就那么站着，他几乎来不及反应谢晴说了些什么，她对朱荑做了些什么，他自己又对朱荑做了些什么！他转身一拳打在了灯影斑驳的古老的墙上，血瞬间就顺着砖缝流了下来。谢晴被他的举动吓坏了，尖叫一声立即过去抱住他的肩膀，她怕极了，她怕张逍磊再有什么自残的举动。

深夜，两个完全不明白葡萄牙语的人坐在波尔图的医院急诊室里。欧洲的节奏，慢得能让你伴着疼痛想清楚很多事情。等待医生的时间，他们聊明白了机场到底发生了什么。

谢晴没想到朱荑什么都没跟张逍磊说，张逍磊也没有告诉她那天他跟朱荑说了什么，他只是拿起手机订了最早的航班，不由分说，举着只能简单包扎一下的右手，根本不管医生对他连比画带画图的骨折忠告。

起飞之前，张逍磊给朱荑发了消息，就四个字，很快到家。

他飞了十几个小时后推门进屋，看到的是摆了几个整理好的纸箱子的房子，还有两个穿着工作服的搬家公司员工。张逍磊冲进卧室，行李箱在他身后哐当一下就倒了，正在往一个小纸箱里收拾化妆品的朱茰因为这个突如其来的声响，顿在那里，抬头看见了受伤的张逍磊。

"你怎么了？"

两人同时说了同样的话。

朱茰不由分说先带着张逍磊去了医院，右手掌骨第四、五基底骨折，保守治疗愈后效果不佳，需要手术。朱茰楼上楼下跑着交费，办住院手续，见主治医生聊治疗方案，张逍磊躺在病床上，也不知道是不是因为时差，他踏踏实实地睡了一大觉，连护士来给他抽血、做常规检查他都没醒。

朱茰在医院照顾了张逍磊五天，每天早上拎着早餐来，陪他一起吃好，然后护士查房、换药，张逍磊偶尔还会有邮件要处理，朱茰就帮他打字。中午朱茰去买午餐，两人吃好，朱茰就歪在床边眯一会儿，腻腻歪歪又到了吃晚饭的时间。朱茰有时候会叫个外卖，也有几天是下午回家煲个帮助愈合伤口的大补汤。张逍磊住的骨外科病房人不多，也挺安静，两人一间，同住的是一个打篮球摔了脚的大学生，每天探视时间都有不同的同学来，热热闹闹的，见着朱荑和张逍磊都主动打招呼喊哥哥姐姐。张逍磊出院前一天晚上，隔壁床的大男孩说："哥哥你女朋友可真漂亮，跟电影明星似的，你怎么追到手的呀？"

所以在外人看来，张逍磊是高攀了。

这五天里，他们都没有提机场那天的事。

朱荑来接张逍磊的时候，他自己已经把出院手续什么的都办好了，有点儿换洗的衣服还装在他拉着去葡萄牙的那个行李箱里。他左手拉着行李，右手被石膏固定着，朱荑按电梯、叫车，看着司机把行李箱放进后备箱里，张逍磊拉开车门等她先进去，但朱荑说，"你走吧，再见。"

"那你去哪儿？"张逍磊其实没理解朱荑的意思。

"我回家，我新找了一个房子，已经搬好了，忘了告诉你。"

就要晚高峰了，医院原本就在一条老路上，只有一条车道，网约车司机被后面的司机不停地用灯闪着,他不得已伸出头来说,"快点儿啊,我再停下去要堵车了。"

"好。那,再见。"

张逍磊上了车,车门在迟疑中被关上了,都没有发出那声清脆的声响。车子立即开动了,张逍磊在后视镜里看着站在路边的朱荑,她也还在看着他。

这算是结束了吗?分手那么多次,每次都下定决心,每次都那么正式,每次都努力地实现当初说的即便不爱了也要好聚好散。那句"你一定会找到幸福的,从今天开始"唯独这次没有说,却好像真的要从今天开始了。

朱荑背过很多很多关于爱情的台词,编剧用尽世界上最美好的语言来形容这种感情,她也曾经无数次在别人的故事里真诚地流下自己的眼泪,感动了无数陌生人。而她最喜欢的一句,不是用来说爱情的,但她认为用在她的爱情里却很恰当。"生命就要完结了,可我好像还没有生活过……"这是老费尔斯在《樱桃园》落幕前说的最后一段话,大概所有的落幕都会触发我们的不舍和遗憾吧,"爱情要结束了,可我好像还没有爱过。"朱蒢望着走远的汽车,淡淡地说。

回小洋房的路走着其实不远,但堵车,所以走了很久。张逍磊看着身边已经开始熙攘的人群,他努力回忆第一次来这条路是在哪一年,是为了什么来的,好遥远,眨眼间就过去了。

谢晴给他发了很多消息,张逍磊没回,他需要当面跟谢晴说清楚。张逍磊递了辞职信,唯一的要求就是按照合同常规处理,请谢晴不要难为他也不要可怜他。

张逍磊没想到谢晴会直接到老洋房找他。她坦言已经来了好几次,她很诚恳地说,如果自己的存在让他感觉到困扰,她可以退出会所管理,全权授予张逍磊做职业经理人,她不希望会所在刚起步之后就因为张逍磊的离开而陷入困境。而且谢晴非常理智地说:"感情和生意一样,我们完全可以心平气和地权衡利弊,然后做出选择。"张逍磊说:"我没有你这么随心所欲……"谢晴笑了,又说:"其实我们可以各取所需。"她说:"成功的道路一定是有捷径可以选择的,不光对于女人,男人也是一样。我喜欢你,喜欢你的周全、细心、专业、认真、体面又温柔,为什么不能将这些优秀的品质让物质去体现呢?我既有能力又心甘情愿,希望你认认真真地考虑一下再答复。"

这种交换,是张逍磊始料未及的。像《红楼梦》里的尤三姐说,不是男人嫖了她,倒像是她戏耍了男人。张逍磊自己虽然从未有过瞒着朱英再勾三搭四别的小姑娘,给人家花钱租房包养这种事,但是这些年他见过这样的事情不计其数,实话说,他并没有站在道德的高度上谴责过,甚至在内心深处,他都不对此大惊小怪。男人嘛,能力强了,总会有些"不得已"的小应酬,但他万万没有想到,自己会有"被包养"的这一天。

一个人的房间,冷清了很多,朱英把所有的东西都收拾走了,张逍磊坐在床上,目光所及之处似乎都有朱英哭着收拾东西的影子。他觉得心里乱极了,好像这种乱从会所陷入低谷开始就没有停过,或者,从他辞掉投行的工作开始自己创业就已经走向凌乱了。只不过,这些年他用尽全力粉饰太平罢了。

马车换成了高铁，邮票变成了手机，钥匙变成了一串数字。木心写《从前慢》给这个世界的时候，我们正挤在地铁里感慨为什么这一天的事还没有做完。

按一个暂停键，有时候需要的不光是勇气，可能是一次巨大的打击。张道磊把自己关在家里，切断了一切与外界的交流，在老洋房里吃了睡，睡了吃。窗帘拉着，日夜都对他失去了意义。不知道过了多久，屋里实在没有吃的可以再凑合了，张道磊才打开手机叫了外卖。太久没有开机，接二连三跳出来很多消息，有些是同事发的，也有谢晴发的，还有一些公众号推送，就是没有朱荑的。他随手乱点，一个禅修班的推介跳出来了，要放在之前，张逍磊肯定一键删除，他除了自己谁也不信。这会儿不是，他很想找个外人聊聊，最好就是能给他点儿醍醐灌顶感觉的那种人，他又仔细看了一下推文，可以到寺庙里去住五天，他按照寺庙要求只带了牙刷和牙膏还有几件换洗内衣，十分钟之后他已经开车出发了。

寺庙就在上海的城郊，在国道旁边的一个很富有的村子里，并不是张逍磊想像中的那样，老和尚一定在深山老林里归隐。接待他的是志愿者，老远就问，"你是张先生吧？"张逍磊心想这是怎么回事，我也没有上传照片，他们用什么法力把我了解得这么透彻。正疑问着，志愿者说："这次禅修班就两位男士报名，另外一位已经到了，所以你肯定是张先生了。"原来这么简单，我们好像总习惯把事情往复杂里想。跟着志愿者把禅房、客房、食堂等地方都熟识了一遍，张逍磊发现每个屋子、每个显眼的角落都挂着"止语"的牌子，所以寺庙里最大的声音居然是那几只肆意享受的猫，晒好太阳互相聊天的叫声。

禅修对于张逍磊而言最显而易见的价值，是终于清楚了曾经只在书中被描述过的一日辰光。清晨，天光未亮，寺庙里会传来晨钟的声音叫大家起床；到禅堂上早课的时候，会看到名叫"朝曦"的太阳，那一刻的东方有微光；响午出坡，大家安安静静地干农活，犁地、浇水；正午吃饭，过午打坐、吃茶、扫尘，傍晚听课，余晖时晚餐。暮鼓起，众人礼拜，感恩这美好的一天过去了。

原来手机一天天地不离手，同时回复三五个

人的消息，一小时接五六个人的电话是再平常不过的，偶然有一会儿手机没电了或者没有信号，都会莫名地焦虑，觉得会失去全世界。可如今在庙里过着恨不得连电都不需要的日子，也并没有觉得这样的每一天很无聊，相反无须任何社交负担的生活让他体会到了真正的轻松。有一天打坐的时候，有个念头忽然冒出来，如果朱萸来这里，她一定很喜欢。

来寺庙的第一天，师父在讲课前问大家："有没有因为失恋而来啊？"张逍磊在犹豫要不要举手的空当，只见一屋子三十几个人有一半儿人纷纷举手，张逍磊也把手放在胸前意思了一下。举手的全是小姑娘，也是他始料未及的，现在的年轻人会热爱寺庙的生活，放在十年前，他想都没想过。很多小女孩儿从举手的那一刻就在默默地流眼泪，张逍磊看着，扪心自问，失恋至少应该是这样的吧，失去朱萸，自己为什么连举起手承认的勇气都没有呢？师父没有很多的劝慰，他平平淡淡地讲了一个道理。**你爱上她的那一刻是无比美好的，你们也确实爱得轰轰烈烈，这都是真实不虚的，但是，往后**

的每一天都在变化，你们的感情也在变化，随着时间的流逝，也许爱情已经消失了，但是你们却只铭记相爱时的那个彼此，不肯接受现在已经不爱了的你我，这就是烦恼。

烦恼，像迷雾一样萦绕在我们周围，挥之不去。

体力活和止语、素斋似乎都能助人安然接纳不如意的今天，并且积蓄着为了明天好一点儿的力量。张逍磊带了很多问题来，但他一直也没有机会张嘴说话，起初还惦记着问，后来就作罢了，说不上是因为明白还是放弃。临走那天，大家要急着拼车回城，只有张逍磊一人是开车的，他悄无声响地在寺庙里又转了转，抬头看见远处的老榕树下师父笑着冲他招手，张逍磊赶紧快步走过去。

"你有事。"师父笑着说，这话根本不是疑问句。

张逍磊一下子倒不知道该说些什么了，他笑着有点儿踌躇。

"来的人都有事儿。"师父拍了拍他的肩膀，笑得更爽朗了，这笑声像是会传染一样，张逍磊也莫名跟着师父大笑起来，可心里明明翻涌着悲伤。
"第一天我看见你似举非举的手了。"

一个人的心事会逃过自己，但逃不过别人。他们一起聊了很多，事业、爱情、生活，总结起来左不过就是这几个字，可是摊开到日子里，却那么烦琐和零碎。张逍磊谢过师父离开寺庙的时候，暮鼓又起，最后一丝日光在他身后无限拉长，最后跟被高楼遮住的地平线融为一体，瞬间消散。他开着车，路很堵，慢慢悠悠跟着车流往市区的方向移动，倒是提供了时间让他思考。他在想师父说的"不争"，我自己会争吗？朱英会争吗？什么事才能让朱英争一下？连我，朱英都"让"了，可是这让倒让出了现在的结局，当初如果她跟谢晴摆起战场，说不定自己还真的会把朱英和谢晴放到天平上，哪个男人不热衷于被异性追捧呢？哪怕不谈感情，就说虚荣心，也是渴望的。可笑，自己真是一个小丑。

所以不争，是真正的争了。大概工作也是一样的，朱英看上去没有张逍磊努力，可是她做的事情都是自己喜欢的，她演的戏都是自己满意的，她复出的精力都是心甘情愿的，那些所谓的头衔、金钱，似乎都没有办法绑架她。当一个人不用争就活得很好时，为什么要争？甚至说他们之间的相处，就因为朱荑什么都不要，什么要求都没有，张逍磊才会觉得能给的太少，他甚至怀疑朱荑是不是真的需要他。爱很飘忽，但需要很真实。

师父还嘱咐了一句，让他沉下心来，慢慢走。刚开车那会儿，也还没有理解什么意思。他从18岁一个人到上海读书，拼命学习，获得国际交换生的留学机会，毕业拿到让人羡慕的offer、得到投资人的青睐，这一路走来，很快吗？

他是单亲家庭，从小比同龄孩子要懂事儿得多。他很少提起童年的事情，或者换句话说他很不愿意想起那一段时光。他父亲是个酒鬼，张逍磊7岁前的记忆是充满恐惧的。他脑海里的三口之家，就是父亲喝多了发怒，母亲把他护在身后，尽量不让父亲打到他们娘俩。后来母亲终于跟父亲离婚，父亲还是会隔三岔五找上门来，妈妈就不得不带着他一而再再而三地搬家，直到父亲再也没有出现。父亲的死活他根本就不知道，也不想知道，他从小到大只有一个想法，就是离开他成长的那个小县城而且再也不回去，所以他拼了命地学习，不需要任何人的督促和激励。

高中成绩第一，考大学顺风顺水，如他所愿，自那之后再没人问过他关于父亲的任何事。张逍磊应该是遗传了妈妈的性格，她就从没有因为自己的婚姻不幸而亏待过儿子，离婚之后为了躲前夫不得不辞了工作，起早贪黑卖早餐，从一个小摊位慢慢开成一个小餐馆，后来又开始卖预制菜，也并没有让张逍磊在经济上遭遇多么大的委屈。当然，张逍磊自己也很争气，从高中开始就给低一级的同学做家教，他说一举两得，又赚钱又复习。总归娘俩都在自己的能力范围之内做了所有努力。

常被大家拿来说事儿的原生家庭问题，张逍磊很少提及。对父亲的怨恨被他埋在内心很深的地方，对母亲的感激又不知道有什么方式可以表达。他也想过，自己迟迟不进入婚姻，会不会是看到父母不完美的婚姻而有些恐惧。他跟师父聊了这个隐秘的担忧，师父的劝慰很简单，要他放下埋怨，想想上天为什么会派一个酒鬼给他做父亲。

为什么，难道是上辈子我欠他的这辈子要还吗？师父又问他，"你这辈子会想变成你父亲吗？""当然不会，我就算是去死，也不能变成一个酒鬼。""这就是了，他用他的人生给你警示，一辈子面临那么多诱惑和选择，他至少告诉你此路不通，你也接收到了，这多么珍贵。我倒觉得可以感谢他，他可是牺牲了自己的人生啊！你心里存着美好，眼睛便看见美好；你心里存着怨恨，自然过得艰难。与父亲和解，是放过自己的第一步。"

张逍磊还聊到了谢晴，虽然有些犹豫，因为总觉得谢晴的提议对他是某种侮辱。但他也很好奇，为什么这种事情会发生在自己身上，难道他是一个看上去像是"求包养"的男人吗？住寺院的僧人那会儿已经排好了队从禅房出来，准备用晚斋了，张逍磊赶紧起身说："不好意思，师父我太打扰您了，等下次再有课的时候，我再来请教吧。"师父笑眯眯地也不多留，起身送他，说："道理不多，翻来覆去的，其实你都听过，只是遇到事情想不起来罢了。你想想担心着什么，也许就会发生什么，想想。再见！"

我担心什么？张逍磊问自己。从小到大，他担心过被爸爸打，担心过自己和妈妈又被爸爸找到，还有，他担心被人瞧不起……所以，他拼命地变得优秀，想证明给所有人看。对，他为什么会跟第一个女朋友分手，那个女孩儿什么都好，那么爱他，就因为女孩是上海人，家庭条件优渥，他不喜欢对方父母看自己的眼神，总感觉带着一丝审视和防范，他担心自己被人喊"凤凰男"……他的这个担心，被自己藏得很深很深，甚至是让自己足够优秀，展现出不争不抢的潇洒来给自卑穿上铁甲外衣。

不想被人说能留在上海是因为娶了上海老婆，所以他找到一样来自小城市的朱萸；不想被人说有车有房是因为老丈人家有权有钱，所以他自己给自己定了买房才能结婚的目标，最后还要打着朱萸的幌子执着地实施。他不想承认，这一切的描画其实跟别人一点儿关系都没有。谢晴是适合他的一面镜子，因为她简单又清晰，她的世界里除了金钱和交换没有掺杂任何可以欲盖弥彰的东西，比如总能自圆其说的感情。张逍磊出现在谢晴面前的时候，那些所谓的借口一下子都不好用了，谢晴清晰地感受到了张逍磊用钱来获得认可的渴望。

张逍磊给朱荑发了一个消息,说我们见一面吧。等了两个红灯的工夫,朱荑回复他,好。他觉得,至少得跟朱荑说声对不起。

朱荑给了他新家的地址,其实跟老洋房在同一条马路上,一个在这头,一个在那头。

"对不起。"一个外卖小哥在他身后拍了他一下,"哥,是你点的外卖不?或者你让让,刚才电话里的小姐姐让我挂门把手上。"

张逍磊回过神儿来,侧身让小哥把外卖挂好,小哥一脸疑惑,转身飞奔下楼了。很快便听见了熟悉的脚步声,穿着软底皮鞋很轻快的那种声音,朱荑从楼梯道里出来,看见了张逍磊:"你发消息的时候我还在排练呢。"

屋子里干干净净的,几乎是什么都没有的,跟朱荑精心布置的老洋房完全不一样。厨房里也是干干净净,张逍磊帮她拿筷子和碗,真的只有一副碗筷。简单的不像是一个住着人的家。

气氛有些尴尬,几天不见,朱荑觉得张逍磊好像老了似的,她走到他面前仔细看了看,问他怎么不刮胡子,张逍磊随手摸了一把下巴,说,忘了。朱萸"哦"了一声没再说什么,她好像习惯性地在他面前会心跳加快,而且越是分开一段时间不见,张逍磊稍微有点儿外形变化,这种感觉就越明显。

朱萸认真地吃着那份蔬菜沙拉,张逍磊看着她低垂的大眼睛,浓密的黑色睫毛自然翻翘着,每一次看她,都像是一潭清澈见底的泉水翻涌着珍珠一样的水花,还有那两道浓密的青黛色长眉,越发显得朱萸白得发光。都说岁月是把杀猪刀,可在张逍磊的眼里,朱萸依然如当年他们初见时一样美丽又纯净。

"我辞职了。还有,对不起。"在这么沉寂的气氛里,张逍磊酝酿了好一会儿,终于把今天来的目的表达清楚了。

朱萸摇了摇头,她什么都没说,都没做,只是摇了摇头。她翻涌的内心像脱了缰的野马,她想知道他的对不起是什么意思,是对不起误会她了吗?是对不起那天在机场吗?还是对不起这些年?还是对不起再见?到底对不起什么?还是所有这一切都只有对不起。

故事太长，以至于没有力气从头再讲。

"我走了。"

朱荑站起身，看着他出门，使劲挥手，她都没有说出"再见"，她怕嘴还没张开眼泪就流下来了。

张逍磊在走回去的路上，趁着月色昏暗，低着头好好地哭了一场，他想起师父安慰那些失恋的小女孩的话：如果很难过，就迎面而上尽力哭一场，别躲藏也别退让。这些年积攒的情绪，那些委屈、不容易、辛苦、自卑、羡慕……被刻意忽略掉的、用力伪装过的，所有的这一切都倾泻而出，鼻涕和眼泪多到几乎失去了控制。张逍磊感觉到灵魂出窍一样，好像对面有另一个自己在审视此刻的他，明明意识上已经不怎么难过了，可是泪水像被弄坏了开关的闸口，根本不听他的使唤。

朱荑刚才吃的东西这会儿在她的胃里翻江倒海，她趴在马桶上吐到直不起身子，怪不得以前老爸老妈总是说，不要太难过，否则胃会疼。活到快三十岁，终于体会了一次。她颤颤巍巍地挪到床上，做的第一件事就是给张逍磊发消息，说你还有很多钱存在我这里，给我个卡号，我明天去银行转给你。张逍磊怎么会要,这是他唯一还能给她的了。

　　这一天夜里,充满了各种仪式,张逍磊给老妈打了电话,原本是什么都不想说的,但是妈妈只问了一句朱萸呢,还没下班吗?张逍磊就破防了,他跟妈妈说了很多声对不起,"我把朱萸弄丢了,我把自己的生活也搞得一团糟。"然后朱萸就接到了张逍磊妈妈的电话,"阿姨"还没喊出声,电话那头已经哭了,张逍磊妈妈很喜欢朱萸,过年的时候还把自己存了多年的一个玉镯子套在了朱萸腕子上。朱萸抹着眼泪说:"阿姨您什么时候来上海,我当面把镯子还给您,太贵重了,我怕邮寄会丢了。"然后两人一起又哭了好一会儿,张妈妈说:"好孩子,我不管他怎么想,这一辈子我就只认你一个儿媳妇。镯子你收着,我没别人再送了,往后你结婚,就当嫁妆带着吧。"

第六章

我们无法被激励,但爱情可以

夏天过去了。刮了几次台风，每次台风前后还有几天的雨，掐头去尾的好像也没热几天。记忆中，往年的盛夏似乎都很难过，今年倒是奇怪。

剧院有个戏剧教育的项目，平时都是在上海或者周边进行，这次不知道是什么机缘，要派四五个人去云南，跟当地艺术学院一起进山区做。剧院正好是新项目都上马的时候，消息发了几天都没人报名，除了朱荑。书记又找她谈话了，说："其实你可以不去，这次出差条件不那么好，而且也不算工作量，年轻人锻炼一下可以，就当是军训了，你掺和什么呢？这么多项目立项了，你挑不出一个喜欢的吗？今年至少也得上一出大戏才行啊，这眼瞅也快三十岁了，自己得着点儿急啊！要不然你就好好嫁人，嫁个财务自由的也行，你总得够一头吧。"朱荑挽着书记的手说，"亲爱的李姐，我知道你是为我好，但我真的正想出去转转，去人少的地方，这次出差提供了机会，我都觉得有点儿假公济私占剧院便宜了呢。至于生活，我饿不着，您放心吧。"书记说："朱荑啊，你说怪不怪，人家都是挽着我的手求我上这个戏上那个戏，你可倒好，我回忆了一下,都是我求着你给你项目,你还动不动就拒绝我。但怪了,我怎么还挺喜欢你呢!"

集合出发很快,朱萸接到通知也没仔细看,她都不知道是飞丽江然后直接去香格里拉,其实知道了也没用,朱萸对于高原反应根本就没有概念。从毕业到现在,所有的出行都是跟着剧组或者张道磊,她不知道爱出门的人还有做攻略这个步骤。飞机落地丽江的时候,就是觉得凉爽,还没有其他反应,一路大巴穿山越岭开到香格里拉之后,朱萸已经头痛欲裂。同行的人大部分是第一次见,剧团里一起去的同事,除了一个带队的老师跟朱萸认识很多年了,其他两个是刚毕业进团的小朋友,朱萸没见过几次。原本就不太善于跟别人打交道,这种情况朱萸更加喜欢缩在角落了,以至于众人都没有发现她的脸色难看。快到目的地的时候,领队开始给大家分配房间,计划是办了入住后,先集中去活动地点看一下,那是当地一所中学,并不远。朱萸坐在最后一排,大家都是两人间,到她正好落了单,朱萸接过门卡,勉强点头笑了笑,领队还问了她没事儿吧,她以为自己就是单纯的晕车,随便回了句没事儿。

香格里拉的天气是变化无常的,经常是出着太阳下雨，而且温度也极低，大家从大巴上鱼贯而出时，纷纷喊着冻死了，地上也是湿答答的，朱荑在最后一个，也不知道是地太滑还是头太疼，她像失忆了一样摔在地上，等她再醒过来的时候，已经是躺在医院的病床上了。领队和医生见她醒了，都长舒了一口气，剧院带队的李老师拿着一沓检查单子刚好进病房，跑得满头大汗，见朱荑醒了也是大喊谢天谢地。

朱荑脑子空白了似的，听他们讲自己刚刚是怎么栽在地上，怎么被救护车拉进医院，怎么做了一系列的检查，她统统都不知道。好在医生看了检验单之后说问题不大，并没有发展成很严重的高反，应该就是瞬间的不适，吸吸氧休息一下就能恢复，只是外伤好起来会慢，不过好在都不重，不会留疤。有意思的是，这个医生居然认出了朱荑，问最近热播的电视剧，她是不是在里面演落魄的大小姐？朱荑愣了一下才反应过来，那个剧是三年前拍的，她自己都忘了。医生说："天啊！你不知道吗，我们全科室都在追这部剧，你演得可真好，本人原来比电视上还漂亮。"医生激动地浑身上下找了半天，最后只找到了处方笺让朱荑签名，惹得旁边两位老师都乐了，朱萸还挺不好意思的，当演员这么多年，还没享受过这种被追星的待遇呢。

一个人回到房间后，朱萸遵医嘱并不敢有太多活动，头痛缓解了不少，但还是会觉得憋气，其他人此刻已经去学校开展艺术交流活动，只有她自己待在招待所。外面还在下雨，朱萸打开外卖软件，才意识到这里跟上海还是有区别的，过了饭点儿之后能送的外卖没几家，再加上招待所离古城很远，翻了半天除了一家包子铺预计75分钟送达之外，没有什么选择了。朱萸饿得不行，心想一个多小时包子才到，那得凉成什么样，她又打电话给服务台问有没有泡面。刚好值班的小服务员也在追那部电视剧，朱萸回来的时候她就发现了，这会儿接到电话兴奋得不行，自己骑着电瓶车给朱萸买了泡面送到房间，还顺带着买了水果和零食。朱萸要转给她钱，小姑娘说什么都不要，只有一个要求就是合张影。朱萸脸都红了，客气一番后，朱萸趁她不注意还是把唯一一张现金塞到了小姑娘的衣服口袋里。

从未想过要出名的，居然远在香格里拉被藏族同胞追了星；从未想过讨好领导，没想到让领导说

自己还真挺招人喜欢。自己的人生从来没有被规划过，过着过着好像也还不错，除了，爱情。

虽然在兴头上，在怒气中，她也曾牢骚过自己虚度了光阴，也认可前辈们对她多年恋情的惋惜。但平心静气想想，过去的五年还是快乐的，大部分时间里被张道磊宠爱着，既没有第三者插足的狗血剧情，也不用沉陷在双方家庭的较量里，她的这盘棋除了没有走到终点再开另一局，其实都还算是圆满。只不过在总结为什么没有走到终点的时候，朱荚不太确定自己丢掉的是爱还是什么别的。总还是要往前看的，难道要自己过一辈子，不结婚、不恋爱吗？朱荚也并没有那个决心和勇气，那要找一个什么样的人在一起呢？这些事情，就像是换季的衣服，只是把橱子门关上看不见它们是没有用的，不收纳整理一下，永远找不到你想穿的那件。

朱荚在招待所躺了两天，然后就投入到了工作中，带着当地一些藏族小朋友一起画画、唱歌、跳舞、排演各种节目，同行的其他人都各显神通，整个团队和当地学校的老师们相处得都特别愉快。朱荚很喜欢这些藏族的小朋友，他们特别爱笑，喜欢问:"真的吗?"有个藏族小伙子,是负责给艺术团的几位老师开车的,他多才多艺,朱荑教孩子们唱歌跳舞的时候,他还能拿出口琴来给他们伴奏。他总是毫不吝啬地夸朱荑,"你真漂亮!"朱荑脸都红了。小伙子叫桑吉。

临走的前一天晚上,大家说搞一场草原上的篝火晚会。跟大城市的演出比起来,草原上的小晚会真的是纯天然无修饰,桑吉叫来了他的几个藏族小伙伴,一起点了篝火,又用汽车围了个大圈,打开车大灯照着,还有马灯散落在草地上。

朱荑带着孩子们去找桑吉的时候,远远地就看见这一簇墨绿色的画布上跳跃着的星星点点,她下车往那边走,有种奔向光明的莫名感动。大家很快就载歌载舞,朱荑被孩子们拽着一起跳锅庄舞,嘻嘻闹闹的,都忘记了高反带来的不适。音箱是最普通的,场地是最朴素的,也没有演出的服装,甚至都没有观众,因为所有人都在围着篝火又唱又跳,黑色的夜幕挂着明亮的月亮,草原上的火光就像此刻天空的倒影,朱荑觉得火光映照出的大家的脸,格外好看。

桑吉跟另外一个弹吉他的小伙子一起,就像两个自动点唱机一样，只要人群里有人哼出了调子，他们很快就能跟上，悠悠扬扬地铺在歌声里。夜色渐浓的时候，大家跳累了就围坐在一起，玩小时候的游戏丢手绢，被抓住的人就要唱支歌。朱荑很快就被一个画画的老师丢了手绢，老师已经都快绕一圈了朱荑都没发现，急得坐在旁边的人不得不提醒她，朱荑急得跳起身来，尖叫着要去追人家，画画的老师故意只是走了两步就坐到了她的位置，还煽动大家一起给朱荑鼓掌加油。朱荑笑自己反应迟钝，纤细的手指捂住她小小的脸，乐得弯了腰。桑吉就喊："朱荑老师唱一个嘛。"朱荑说："我唱得不好听，你可别捂耳朵。"

"你放心，长得漂亮的人唱得都不会差。"

越过山丘，遇见十九岁的我……

"我喜欢你，因为你认真的样子很好看。"桑吉，在月亮升上空时，很坚定地拉起朱荑的手，在月色下告诉她的。他说，他从没见过一个长得这么漂亮的姑娘不忙着告诉别人自己漂亮。她玩儿游戏时紧闭着双眼，生怕自己偷看见，她唱歌时歪着脑袋用右手轻轻塞住耳朵，好让自己能听见正洒向草原的歌。所以，他一定要牵一下她的手，那双手是不是像他想象中的一样，会有些冰凉。

和一个陌生人依偎着，在寒冷的夜里，围着篝火，看天空璀璨的星星，夜幕那么辽阔，脚下的草原也是，黑色与黑色连成一片，蔓延着。人好像都缴械投降了，不再想着怎么社交，什么该说什么不该说，也不再想明天以及往后。整整一个夜晚，他们俩坐在离大家的帐篷有点儿远的小土包上，桑吉给她吹着喜欢听的歌，随意聊着天，朱英听他讲这片草原一年四季的样子，讲这里会开出什么颜色的花，还有远处那一片黑压压的山，顺着他指的方向有藏在山间密林里的天葬台，那里是藏人最期盼的归处。原来人的眼睛适应了黑暗之后，能看到这夜色中的亮光，原来夜晚并不是什么都不存在。朱英觉得自己好像是睡了一会儿也好像更清醒了。"你看，炊烟升起来了，你见过紫色的日出吗？"

桑吉牵着朱英的手，走了好久，草原坑坑洼洼的还有露水，每踩一脚，都会有青草的香气，他说的炊烟，一束一束渐渐多了起来，直直地离开草地，在空中飘着飘着就相聚了。他进到自己的院子，牵出来一匹栗色的马，把朱英抱上马背，自己也翻身上去，马儿就很听话地朝着天边有光的地方去了。

　　太阳跃出地平线的那一刻，朱荑看到了紫色。云朵都披着灿烂的外衣，天空像是忽然被叫醒的小孩子，还没有做好准备，一下子就闪耀了。草原上将将没过马蹄子的这片水，安静地映照着他们。这应该是一辈子都不会忘记的瞬间吧，朱荑说："你怎么知道你喜欢我的？"

　　"这有什么难的。"

　　朱荑其实更想问问他，刚刚过去的这一个夜晚算什么呢，天大亮之后，她就跟着大部队离开了，也许桑吉就只是一个存在她手机里永远也不会再拨打的数字而已。朱荑被桑吉牵着马缰的双臂环绕着，像桑吉赞许她的那样，很认真地看着太阳一点点露出整个面庞。桑吉轻轻扶着朱荑的头，让她贴靠在自己的胸口。

　　"听到了吗？从见到你到现在，它一直这样跳的。心动就是喜欢。你喜欢我吗？"

　　这个问题怎么回答？若说没有心动，朱荑明明感觉到了自己心中也有愉悦的节奏，可是若说这就是喜欢，那岂不是也太过于简单了？

"你为什么总是不肯说？"桑吉问她。"喜欢就要说出来，哪怕明天不喜欢了，至少今天说出来是没有遗憾的。喜欢就是喜欢，又没有别的负担，你为什么不肯说？"

对啊，我为什么不肯说，是不敢吗？那为什么又不敢呢？是怕承担责任吗？朱荑从来没有被这样的问题难住过。

太阳就要出来了。

哪怕就要分开，此刻也是美好的。"你要开心一点儿，你要说出你的感受啊，不然我不知道往哪里走。你说喜欢我，我也不会天亮的时候把你留在这里，但是我会知道我的喜欢有回应呢。等有一天我觉得我还是忘不掉你，我就会努力去上海找你，那时候我会问你会不会爱上我，你告诉我实话就好。你一定要把你想的告诉我，怎么想的就怎么说，你不要怕承担什么，但是你不说明白就是自私的，真的。"

桑吉很认真，用他并不流利的普通话一字一句地讲给朱荑听。是啊，为什么不把自己的想法说出来，是在意别人的眼光吧，怕说了就不是那个什么都不争不抢的人了；是不想承担什么责任吧，怕说了是覆水难收。怪不得，怪不得袁小桐说不要老看着自己，看着自己的人，看不到别人。

他们分开的时候，朱萸说："我喜欢你，至少到目前为止，谢谢你让过去的这个夜晚如此浪漫。但是……"

"不用但是，但是是明天、明年、下一辈子的事。谢谢你，喜欢我。"桑吉笑得很开心。

原来所念有回音是这么的让人幸福。

他们分开没有留彼此的电话，朱萸说："我会记得你的。"桑吉说："若是哪一天，你再见到我，不要惊慌失措。"他用右手拍了拍自己左边胸膛。

大巴在山间穿行，困意和疲倦不断袭来，朱萸把头靠在玻璃窗上，隧道很多，车里忽明忽暗。昨晚虽然没睡，但那段经历比梦还不真实，但她至少明白，在她和张逍磊之间，她到底做错了什么。什么都不说，不是沉默，是逼迫。

那么，我是否还爱他？朱萸看着天上匆匆而过的云彩，她轻抚着胸口问自己。她在太阳跳出地平线的时候，感受过那种叫作怦然心动的节奏，最后一次见到张逍磊时，她的心脏还是会那样雀跃。所以，一定是深爱过的。

朱苪困了，沉沉地睡着了，直到一阵巨响和随之而来的天旋地转以及激烈的撞击。

是几分钟还是一辈子，在那一刻是没有办法分辨的。朱苪只记得急速的旋转让她下意识地蜷起身体，闭上眼睛，只能感觉到有一根带子，她觉得每个要被甩出去的瞬间都被这根带子死死地勒着，不知道翻了到底多少圈，她的意识即将飞升出去，整个人已经没有疼痛、恐惧、紧张的时候，世界忽然都安静了。朱苪先是听见有人在喊"哎哟"，然后就有人喊名字，随即有回应。她慢慢睁开眼睛，车窗在她的身子下面，她侧躺着，被卡在变形的座椅里，眼前一片烟雾缭绕，也有人喊了她的名字，应该是李老师。还好，大家应该都还活着，朱苪想着，这时才慢慢感觉到疼痛，浑身上下哪里都疼。她虽然怕得要死，但作为医生世家的女儿，还是第一时间先给自己做了诊断，脚趾、手指、脖子都能动，她低头看了身边，并没有特别明显的血迹，嘴角的血是牙齿把嘴磕破了。她深呼吸几次，感觉内脏也没有明显的疼痛难忍。这时公路边已经聚集了好几辆过路的车，好心人都在拿着电话拨打公路救援和急救。这时候，车上的伙伴才开始传出哭声，还有人在给家里人打电话。朱萸的手机放在上衣兜里，因为拉着拉链，居然没有被甩出去。朱萸在这种极其别扭的姿势里，摸到手机，她本想打给妈妈的，但又怕吓到她，犹豫了一会儿，打给了张逍磊。

张逍磊从接到电话到买上机票打车去机场一共用了五分钟。这一路他一直给朱萸发着消息，又担心她手机没电，又担心会出现什么意外状况，在得知救援队已经到了之后，张逍磊悬着的心终于放下，按照朱萸的嘱咐，他在登机之前给朱萸妈妈打了电话，尽量把事情说得轻松一些。即便是他用心地遣词造句，朱萸妈妈在听到"车祸"两个字时的一声"啊"就让张逍磊马上语无伦次了。他笨拙地安慰着，保证不会让朱萸掩饰任何消息，不管好的还是不好的。朱萸也把现场救援的照片以及自己的照片传给了妈妈，妈妈这才听话在家等消息，而不是马上去机场。

翻车的地方是在香格里拉开往德钦县的路上，因为暴雨而导致的山体滑坡，救援车到了之后，很顺利地把伤员都解救出来，救护车把轻伤的送到香格里拉和丽江，有几个外伤比较重需要手术的，一刻没耽误地直接开去昆明了。朱荑因为没有办法站起来，急救医生怀疑是骨盆受伤了，所以把她送到了丽江。张逍磊飞机落地的时候，朱荑还没到。

好在所有的检查做好之后，朱荑只是尾骨粉碎性骨折，其他的都是一些小的外伤，涂点儿药养一养很快就能恢复。当地医院的医生给的建议是可以选择外科手术，但是他们做不了，还是得尽快去昆明或者最好回上海做。朱荑爸爸妈妈一直远程跟张逍磊保持着视频通话，得知这个情况后，她爸长舒一口气说，这点儿毛病就不用麻烦别的医生了，老爸在行，唯一的问题就是得好好琢磨一下怎么能保证朱荑尽量不移动、不要走或者坐地从那边回来。丽江飞上海没有大飞机，即便头等舱也无法做到平躺，要真弄个担架上去也有点儿太吓人了，朱荑说坚持三个小时应该没事儿吧。张逍磊说不行，有风险的事情一秒钟也不能坚持。他转身去打了个电话，直接租了一辆房车。

三个月零十八天没有见过面，没有任何联系，住在同一条马路上，也没有偶遇过。若不是这次车祸，大概真的就不会再见了。张逍磊把车子收拾好，采买了各种途中需要的用具和食物、饮用水，并且做好了路线规划，沿途的停靠补给点也全部都在网上踩好了点，备用路线和露营地也都找好，打印出一沓材料放在副驾驶的位置，好随手翻看。药材和简单的外伤处理器具也在朱萸爸爸的指挥下准备了一些，理论上应该都用不上。他最为用心的是把车上的床重新做了处理，朱萸爸爸说床垫一定不能太硬或者太软。太硬的路，若是硬垫子那便有加重伤处的风险，但太软也容易让还没长上的骨头再次错位。张逍磊特意从网上买了一个棕榈垫子，又铺了几层新买的棉被，把能想到的全都做到了。他把朱萸抱上车放在床上，她躺下的那一瞬间就流泪了，从车祸发生到这一刻，疼痛和恐惧都没让她脆弱过，可是前男友不远千里奔来给她的照顾，暖到了她的心窝里。这种被人疼惜的感觉让她的眼泪不由自主地就流下来。

路途很漫长，几乎就是横穿整个中国的。张逍磊怕朱荑躺着闷，特意选的都是一些风景比较好的路线，而且基本保证每半天就能到小城市，至少是个小县城，然后停下来找到露营地，支起帐篷和炉灶，生火做饭，两人一起吃饭、聊天，他再去集市采买补给。没有什么时间概念，也没有工作，只有一个目的地，是非常实在的去处。细想想，他俩其实从未过得这么悠闲过，而且如此一致。朱荑做出了很多改变，比如，张道磊问她想吃什么的时候，她再也不说"随便"，问她疼不疼的时候，她也不说"还行"，她明确地回答他，张道磊觉得这一路无比顺畅。

他们见到了大理喜洲金色的稻田；藏在深山里的抚仙湖，据说湖底有一个曾经繁华无比的城市。到昆明时朱荑还只能趴在车上，脑袋探出车窗吃了张道磊喂她的过桥米线，外人看着俏皮无比，被路边的文艺青年不明就里地按下了拍立得的快门，车上自此之后多了一张内在和外表截然不同的照片。到贵州马岭河峡谷时，朱荑已经可以站起来了，除了弯腰坐下的那一瞬间还会剧疼，其他保持直立的姿势已经没有障碍了。他们肩并肩站在溪水边，看远处挂在林间的瀑布，绵绵不绝地飘洒，微风夹杂着水珠，张逍磊扶着朱荑回身往车边走的时候，朱荑的发丝搭到他的毛衫，凡是掠过之处，都留下一道道浅浅的水印子，沁在张逍磊肩膀上，冰冰凉凉的。他们定时给朱荑爸爸汇报身体情况，得到了老中医毫不吝啬的赞许。所谓因祸得福差不多就是这个意思。

还有一件想也没想到的事情也在发生着，从丽江出来之后，朱荑的手机就没停过，一天能接好几个电话，有经济公司盛情邀经纪约的，也有独立经纪人积极自荐的，还有剧组副导演直接联系她问档期的，连剧团演员部的负责老师也多次受人之托给她打电话推荐各种影视剧。朱荑跟张逍磊开玩笑说："是不是上大学递简历的那些戏，现在才想起来给我打电话，那时候我可是天天在宿舍等着，二十四小时不敢关手机。如今怎么会有躺平还能遇上机会的这种事呢，真是没法儿用常理解释了。"

张逍磊临时充当起了她的经纪人，收着对方发来的资质材料以及经济合同模版，还有就是新剧的剧本，如实告知朱荑正在养伤，需要有两个月的时间恢复，市场就是会有一群嗅觉极其灵敏的人奔在前面挑战风险，朱萸还没红呢，他们已经愿意接受各种条件，只要她可以签合同。看剧本挑戏，成了朱萸躺在房车里、奔袭在路途中最好的娱乐项目。

身体的恢复比想象中要快得多，他们开到湖南的时候，朱萸所有的皮外伤都已经掉了血痂，没有留疤。尾椎骨似乎也好了许多，从只能笔挺挺地站着到可以走路了。两人的话题也终于从伤病转移到了生活。朱萸一句话总结了这三个月的生活内容，去剧团和在家里，没有然后，特别朴素。张逍磊笑着问她难道没有约会什么的吗，朱萸愣了几秒钟，桑吉那张笑脸忽然出现在她的面前，是啊，只不过才过去短短的十几天，怎么像是上辈子发生的事，可深墨绿色的草原和紫色的日出都还那么清晰。她在犹豫要不要把这段像别人的故事告诉张逍磊，他会不会介意、伤心？他为什么介意伤心，朱萸想到这里又开始嘲笑自己，难道人家帮助了你就证明还在意你吗？

"在上海没有，在香格里拉有。"朱萸原本是用那种举重若轻的语气把这件小事一笔带过的，但没想到自己处理起这种情境如此笨拙，说得磕磕绊绊像是给家长承认错误似的。尤其是说完低下了头，见张逍磊没什么动静，还抬起眼皮又悄悄看了他一眼。张逍磊大概是说了句挺好的，朱荑没听清，她只是看见他笑着在点头。"你呢？谢晴……"朱荑说出这个名字之后，有些后悔，她原本想让自己表现大度一些，问出来又好像适得其反了。

张逍磊很认真地开着车，车里放着他们都喜欢的歌，他目不转睛地看着前方，高速公路的车并不繁忙，湖南到江西这一路的山跟云贵的山长得特别不一样，好像平易近人了很多。朱荑还在床上歪着，她能看张逍磊的侧脸，想象着他此刻的表情。

"没有联系了。她按照股份约定给了我钱，还有两个月的工资，正常的离职处理，还不错。"

"那你这几个月在干什么？现在找到新工作了吗？"朱荑是了解张逍磊的，他有多么热爱工作，他是一个根本停不下来的人，忙碌让他平衡掉很多生活中的烦恼，他不止一次说过若是让他和朱荑换换，他得疯。

"我当司机啊。"

"我不是说现在，我是说你来之前呀。"朱荑是替他着急的，所以听到张逍磊还逗她，直接生气了。

"我真的是做司机，没开玩笑。我联系之前同事还有老师给推荐工作，也投了简历，但是回馈都不太满意，要不然就是薪资我不满意，要不然就是我提的要求人家不满意，反正一直也没遇到合适的。我不愿意在家闲着嘛，就申请了一个专车执照，之前不是还说要给你换车，结果你懒着不肯学驾照，我就也没换，正好当专车用，也不心疼。是不是挺好？我之前还想呢，会不会哪天接到一单是你叫的。"他说得如此轻松，可朱荑心疼地直喊停车。

等不到下一站的露营地，在休息区里，朱荑就直接自己下了车，也不疼了，非要站着面对面问张逍磊到底怎么回事。张逍磊安抚她说真没有什么特别隐瞒的，所有的过程都招了，没受罪也不困难，工作时间很灵活，没有风吹日晒，自己的车开得本来就顺手，又不是特别有经济压力所以也没拼命，比起之前要动脑子的那些事情，这活儿干得挺舒心的。

"对不起。"朱荑很愧疚，无论张逍磊怎么跟她解释，她都认定是自己的原因才让他丢了工作。会所从无到有，从王强到谢晴，是他倾注了所有精力才做成今天这样的，没有人比朱英更知道张逍磊对这份事业的感情。从27岁到33岁，张逍磊其实就为了两件事奋斗，她和红酒会所。因为自己的离开，会所也成为过去，这意味着他要承受这些年一事无成的打击。相比张逍磊此刻的坦然潇洒，朱英满是痛苦，像有一个闷棍在不停地捶打她的后背。

张逍磊说："你知道吗？老天爷其实对我特别好，他用这样一种代价最小的方式让我认清了自己，你应该替我高兴才是。你记得我们刚在一起的时候，我说我们是一类人，那时候你不屑一顾地退出以及淡定娴静地说又不想当明星，让我觉得你就是我想活成的样子，或者说我看见了我自己，只有足够优秀的人才不屑于为那些琐事而争。可是后来我才发现，咱们俩不一样，你的不争是真的，我的只是伪装的。你的底气是好家庭给的，是自己天生的优秀给的，你真的不用争就很好。你吃过29元一位的萨利亚吗？你可能都不知道那是什么吧。但我知道，我每次经过那里都会提醒自己一定要更优秀一些，所以，我的不争只不过是想把争藏得更深一点儿罢了。我要创业，因为我不想按部就班在外企里拿每年递增的薪水，我要买房子再结婚，因为那样才能证明自己的实力，这一切，都是我之前背负的包袱。顺风顺水的时候还好，遇到挫折的时候，我就想逃走，甚至有些嫉妒你……好啦，现在终于把这些不愿意承认的都承认了，感觉也还不错。"

朱荑一时间不知道该说些什么，这似乎是一个她从不认识的张逍磊，是现实的打击让他低下了头吗？似乎也不是，他脸上明明洋溢着轻松和喜悦。朱荑就那么流着眼泪看着他，一句话也说不出。

虽然犹豫了一下，张逍磊还是把朱荑搂在怀里，那么熟悉的后背，连轻轻起伏的节奏都是他习惯已久的，他温柔地安慰着她。"给你讲个反转，可精彩了，就跟你们演戏说的戏剧性一样，要不要听？"朱荑在他怀里点点头。"我来之前遇到一个客人，去浦东机场，一上车就接电话，通话时间实在太长了，内容我都听明白了。他是个民企老板，生意做得不错，所以在考察信息项目投资，对方大概率是想忽悠他的。"

"你怎么知道？"朱荑推开他。

"我是干什么的呀！他挂了电话就给自己的投资部吩咐工作，然后顺口说了几个数据，我一听就知道对方赌他不在行,而且药品研发是个热门方向,真正的好机会很少的,我感觉对方太积极了,这也不对。"

"所以你提醒了老板,然后老板发现了一粒被埋没的金子是吗?"

张逍磊笑而不答。朱荑高兴地跳了起来,然后一阵钻心的疼痛袭来,张逍磊比她反应还快,直接双手托住了她。朱荑顾不上疼,问他:"怎么能跟客人聊私事呢,不是有规定吗?再说人家怎么能让你参与呢?"

"很简单,他给下属吩咐工作的时候,想把刚听到的几个数据说一下,但是他忘了,我就提醒他。"挂了电话他就问我怎么记住的,我说对这个职业敏感,然后就开始聊点儿有的没的,我也把我考虑到的风险给提了一下。那个大叔一脸憨厚,我觉得应该是个不错的企业家,总归好人不应该被骗嘛,提醒归提醒,但听不听是人家的事。我也说了,"自己的判断不一定对,毕竟离开行业很多年了。"

"然后呢?""然后他下车的时候给我一张名片,说感兴趣的话给他打电话。之后我就打了电话，他说让我去找他，在青岛。"

朱萸还在笑着，但心底泛起了一阵分别的悲伤。真正的渐行渐远似乎已经摆在眼前，心中最后的侥幸也要被夷为平地了吧。此刻的沉默，像极了横亘在两人之间的那道高墙，纵是一起掩饰，亦无济于事。

就像根本想不起来这个话题是怎么开始的一样，在哪里结束也并没有一个很明确标志，反正两个人像是商量好似的就不了了之了，并且很默契地在之后的行程里，再没有提这件事，还像刚出发时一样，只关心沿途的风景和吃什么、在哪里扎营这种小事。车子终于开进浙江之后，朱萸爸妈每天好几个电话追着打，担心他们自作主张不回家直接回上海，说到底还是担心，路上虽然都是安慰鼓励，也不过是怕说重了朱萸害怕而已。

朱萸已经好很多了，到家之后第一件事就去医院拍了片子，骨折的地方虽然没有完全长好，但也并没有二次错位，朱萸爸爸快递过去的秘方膏药看来是起了奇效。西医也不建议再做过多治疗，静养应该是康复最好的方式。

朱萸妈妈在家做了很多菜给他俩接风洗尘，

很多都是照着菜谱上现学的，她其实还不知道他们已经分手了。张道磊没有留下来吃饭，他从医院出来，把朱英交到她父亲手里之后，就借口公司有事着急走了。

就是觉得自己解释不清楚为什么，才选择不跟家里说的，虽然她知道父母一定是支持她所有的选择，但这种无条件的支持也会让她觉得愧疚。成长的任性，无非是有亲人帮你分担了生活的压力罢了。爸爸妈妈还是很贴心地没有多问，朱英努力着要把事情说明白："我们分开已经有一段时间了，两人都是很认真考虑过的。"妈妈没有多问，甚至主动岔开了话题，问她香格里拉好不好玩，沿途还有什么值得玩的地方，当时车祸怎么回事，同车的人都没事儿吧之类。爸爸也应和着，朱英才意识到，把话说明白有什么可怕的，听的人都不怕。

晚上睡觉的时候，睡惯了房车里的那张小硬板床，忽然回到家里的软床上，朱英瞪着眼睛一点儿困意都没有，疼痛又让她翻不得身。拿起手机随便翻着打发时间，无论是相册、朋友圈、淘宝，甚至连喜马拉雅听书这种App，处处都是张道磊的影子，大数据应该是还不知道他们已经分手了，还在给她推送着男士剃须刀，这是情人节的时候她给他选的礼物。各种娱乐消遣类的App会员账户都是张逍磊弄的，还在按时按月地扣着他卡里的钱。喜马拉雅的置顶推送是郭德纲相声，这是他俩以前在家过周末打扫卫生时最喜欢的背景音。朱萸忍不住又去翻张逍磊的朋友圈，只有一条三天可见的横线，除此之外，什么都没有了。以前，看老爸给别人医病的时候，总会劝病人别着急，他说身体上的毛病不是说来就来的，是长年累月的习惯导致的，所以医好它就也得花时间，年轻人不好好吃饭得有个四五年才能把胃造病了，那不也得花个四五年才能养好嘛。

爱一个人和忘掉他是不是也如此呢？朱萸这么一想，坦然了许多，何必强求自己忘掉，爱情原本就是一种慢性病。她打开微信，给张逍磊编辑信息，中心思想当然是感谢他这些天无微不至的照顾，犹豫之处是要不要表达自己对他找到新工作的支持与鼓励。张逍磊对新工作样样满意除了要离开上海，其中原因会不会有一点点是因为她自己？朱萸想到这儿又把刚编辑好的信息删了一半，她讨厌自作多情，五年里的分分合合多少次都是因为她陷入自我感动里无法自拔，张逍磊也不是那种绝情决意的人，才扯成今天这样。就当他是个老朋友，就像倒在车祸现场时想的那样，无论跟张逍磊是什么关系，他都是她最信任的人。

"谢谢你，新工作顺利"，发送！

几乎是同时，她点发送的一瞬间，就在这条对话框里，跳出了张逍磊发给她的一条长长的消息：

宝贝，房子我换了密码锁，密码是你的生日。这个小屋子还有四年合约才到期，房东叔叔千叮咛万嘱咐不让我转租，所以你就回来住吧。屋子里的东西都是你习惯用的，阳台上的花记得浇水。你一定会找到属于你的幸福的，从今天开始，我们都加油！

朱萸一字一句地读完消息，慌乱不定，过了好一会儿才想起来应该把前面自己发的那个信息撤回，但是她再操作的时候已经超时了。

好吧，换作是谁，都会厌倦，自古出征就有一鼓作气再而衰三而竭这种说法，恋爱也是一样的，每一次原地打转的分手，除了消耗彼此之间的感情，还能有什么正面的作用。

怎么还会有侥幸心理？可笑！张逍磊看着那么快就收到朱茵的回复，他也嘲笑了自己。

深秋的黄色，总是从北方一路席卷而来的。朱茵走在梧桐树下，忽然留意到脚下落叶怎么多起来的时候，张逍磊在青岛已经穿上厚毛衫了。他入职之后一天没耽误就上班了，老板真的履行了承诺，在开发区给交了一套海景房的首付，按揭贷款张逍磊每月自己还，房子是两室户，虽然不是太大，但风景和环境都极好。老板亲自送他入住，说过个冬，等来年春天外面的花开了，这里更美。

朱茵也挺忙的，她三年前拍的戏真的火了，虽然她不是女一号，但是扛不住观众萝卜青菜各有所爱，真就有一大批喜欢她的。原本以为因伤休息的那一个月会把很多机会错过，但没想到这一波热度的持续性如此好，非但没有销声匿迹，邀约反而多起来了。朱茵没有什么大抱负，她还是不想出名，跟天天住在横店的酒店比起来她更喜欢住自己的小洋房，她早就搬回来了，她得给阳台上的花浇水。最终，她也没有选择把经纪约签给哪家公司，送到她手里的合同先不说细则根本看不懂，就那几条什么形象包装要尊重公司意见，随时配合公司宣传这几条她就打了退堂鼓了，怪不得以前听同学吐槽过，减肥啊、微整啊，其实都是公司的要求，哪是自己一个人说了算的。既然没想过什么大红大紫，何必强迫自己做这种改变。总之，你在人堆里生活，还能因为有人吃了蒜就不呼吸吗？朱荑倒是从小就练得了随便别人说什么都影响不了我的高超能力，不然也不会有那么多人总结她是个"无法被激励"的人。她还像之前那样，话剧工作排在第一位，空闲时间接自己喜欢的影视剧。

朱荑参与了一个新电视剧的拍摄，剧组宣发给每个角色演员都录了几期短视频备播，电视剧是个爱情故事，大家聊的话题也有关爱情。轮到朱荑的时候，她想了想说："爱情给我上了很好的一课，它让我看见了我的自私，而且是隐藏在温柔娴静里的自私。所以，我想说对不起，也想说谢谢你。"

接下去就是各个角色的演员说爱情发生的那一瞬间是什么样的。轮到朱荑，她还是习惯性地缠着手指头，羞涩地说："就是虽然分开很久了，但想到他还是会心跳得很厉害。"

张逍磊刷到这条视频的时候刚刚加班结束到家，钥匙还没有拿出，他转身又按了电梯。

第二天清晨，张逍磊站在老洋房院子门口时，抬头看见阳台上的花特别鲜艳，窗帘还拉着，张逍磊手里拿着刚买的豆浆和糍饭团，没有行李，就像根本没有离开过一样。

阳台上的窗帘拉开了，窗户也被推开了，奶油色的窗帘飘出窗外，阳光应该正好洒在他们俩身上吧。